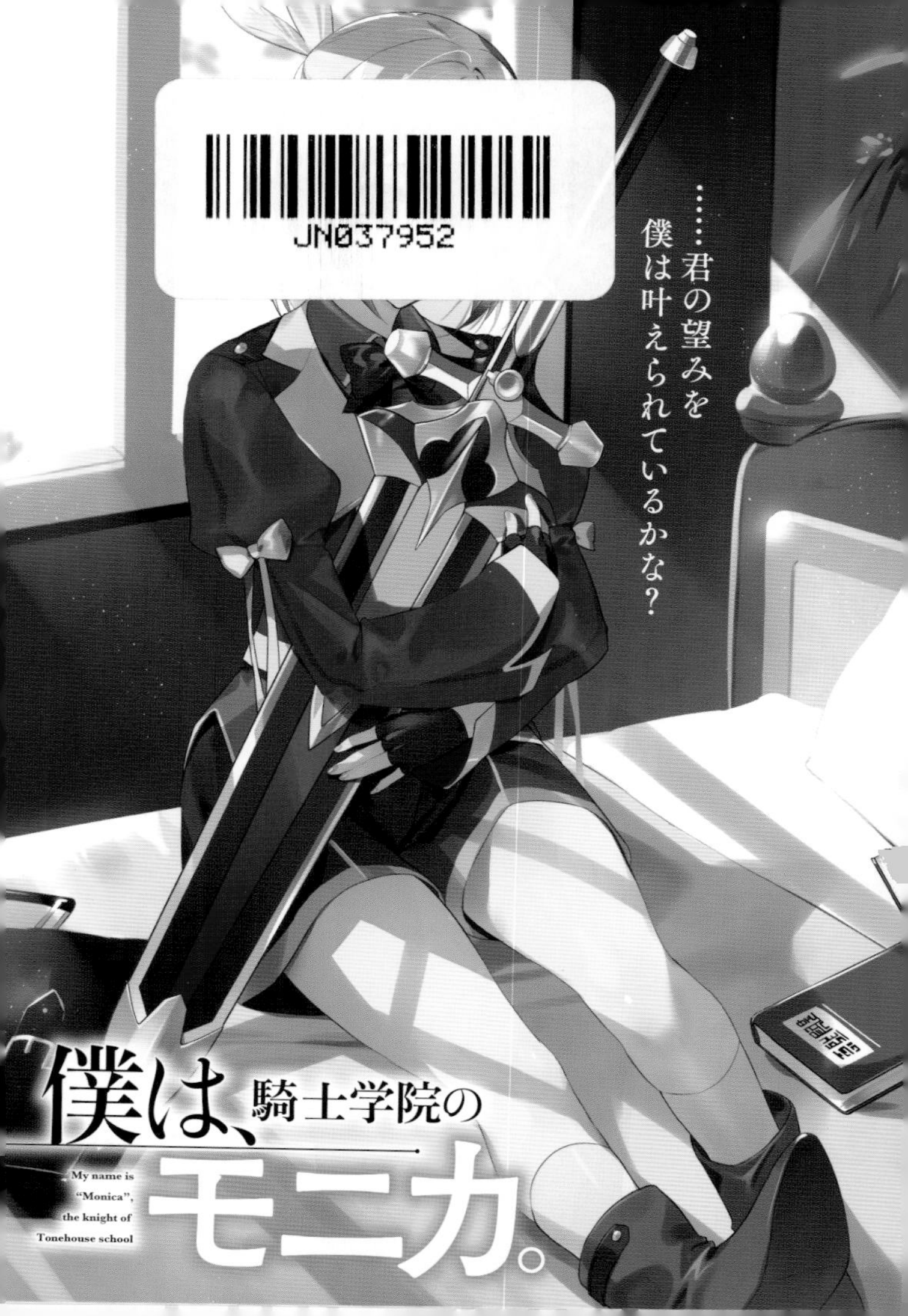
……君の望みを僕は叶えられているかな？
僕は、騎士学院のモニカ。
My name is "Monica", the knight of Tonehouse school

僕はモニカ＝グランテッド。
いずれ最強の騎士になる人間だよ
モニカが引き抜いた剣は、
よくよく見れば
まるで笛と刃が一体となったかのような
奇妙な外観をしていたからだ。
神奏術士が演奏の際に
音色を操作するキーらしきものまで付いている。
戦うための武器――というよりは
観賞用の芸術品、といった印象を覚えた。

INDEX

My name is "Monica",
the knight of Tonehouse school

僕は、騎士学院のモニカ。

陸　そうと

ファンタジア文庫

3271

口絵・本文イラスト　おやずり

僕は、騎士学院のモニカ。

My name is
"Monica",
the knight of
Tonehouse school

陸そうと
ill.おやずり

序奏

古き時代に世界統一が成された大陸。

政府が治める下で幾千年の調和を保ってきた人類の歴史は、災厄としか喩《たと》えようのない魔物によってあっけなく終止記号を打たれようとしていた。

古来よりこの大陸に生息している、〝ディソナンス〟と呼ばれる人類の天敵――その中でも歴史上類を見ない脅威度に認定された〝ディザストロ〟が出現してから早一週間。政府の戦力は余すことなく返り討ちに遭い、彼らはこの国『シンフォニーアイランド』の運命を一人のはぐれ者に託すほかない状況まで追い詰められてしまっている。

「目標との距離は……四百、いや三百くらいか」

とっくに避難が済んでいた辺境の街を背に、現代最強の騎士である青年は緊張感なく体の節々をほぐしながら呟《つぶや》いた。

背負っていた剣を構え、相対する敵を改めて夜をさらに暗く覆う暗雲共々見上げる。

……大きい。周囲に見える山々と同じ――いやそれらの山岳以上の体躯《たいく》を引きずりながら、〝ディザストロ〟はこちらへ侵攻を続けている。

「あれだけ大きいと、お腹《なか》いっぱい食べるのにも苦労しそうだ」

こんな状況でも浮かんでくるのはそんな戯言《たわごと》ばかりだ。どれだけ相手が強大であろうとやることは変わらないし、そもそも青年にとって化け物と戦うことは恐怖の対象にはなり得ない。

青年がすべきは目の前の巨体に慄《おのの》くことではなく、それが振《ふ》り撒《ま》く雑音を剣でかき消すことだから。

「行こうか」

あれこれと浮上してくる余計な思考を投げ捨てた後、青年は全身を巡る血液——そこに宿る力を呼び起こす。

瞬間的に高められた身体能力をもって大地を蹴飛ばした青年は、跳躍というよりは飛《ひ》翔《しょう》と表現すべき勢いで暗闇の空へと舞った。

「極限技法」

繰り出されたのは数えるのも馬鹿らしくなるほどの、斬撃の嵐。

本来弱点である心臓に定められたリズムに沿って攻撃を加えなければ倒すことのできない〝ディソナンス〟——その中でも間違いなく最強に据えられる〝ディザストロ〟の肉体を、青年は再生する暇も与えないまま夜の景色へと溶かしてしまった。

「困った」

避難が済み、人の気配がない街の片隅。

青年――騎士ダレンは建物の外壁に背中を預け、夜空を見上げながら呟いた。

人類の天敵たる怪物を葬《ほうむ》り、世界を救った直後とは思えないほどに、彼はひどく落ち着いているように見える。

だがその実ダレンの右半身は骨も筋肉も粉々に粉砕されており、遠のいていく五感は命の終わりが近づいていることを暗示していた。

技の反動で肉体が崩壊することは承知していたものの、生を手放す心の準備までは済んでいない。

冷めた表情の裏側にあるのは、今にもばらけてしまいそうな魂を懸命に掻《か》き集《あつ》めるかの如《ごと》き焦燥。

「こんなところで寝てる暇はないぞ、ダレン」

途切れそうな息を必死に繋《つな》ぎながら、ダレンの心は未《いま》だ足掻《あが》き続けている。

自分にはまだ全うすべき役目がある。

これから先も己の力を人のために振るい、この国に貢献しなければならないのに。

「僕は……これから先も、」

「——騎士ダレン、で間違いありませんか？」

夜空の星々が視界から消え、代わりに少女の小顔が占領する。

肩に被《かぶ》さる寸前まで伸ばされた色の薄い金髪に、品のある桃色の双眸《そうぼう》。その大きな瞳は見つめていると吸い込まれてしまうと錯覚するほどに大きい。

「……はい？」

前触れもなく現れた存在にダレンが唖然《あぜん》としている最中、少女は淡々とした調子で先ほどの言葉を繰り返した。

「騎士ダレン、で間違いありませんか？」

「えっ……は、はい。そうです」

「そうですか」

そう相槌《あいづち》を打って腰元に手を添えた彼女は、おもむろにホルダーから一管の笛を取り出してはそれを静かに構えた。

「……君は誰？　なにをするつもり？」

「喋《しゃべ》らないほうがいいですよ。あなた見るからに死にかけですし。間に合わなくなる」

彼女もまた瀕死《ひんし》の人間を前にしているとは思えないほど、冷静な調子を崩さない。

少女は構えた笛の歌口に唇を添えると息吹《いぶき》を紡《つむ》ぎ、透き通るような音色を奏《かな》で始めた。

これから死にゆく人間の前で演奏する葬送曲にしては雄大で、どこか燃えるような情熱を秘めたような音の連なり。

……神奏術《しんそうじゅつ》だろうか。ダレンも知らない、不思議な曲だった。

人気のない、寂れた街道。

少女の演奏を聴く者はダレンただひとり。

風の音すら聞こえない静寂を塗り替えるような演奏を終えた彼女は、眼下で静聴していたダレンへ視線を落とす。

「どうですか？」

「……素敵な演奏だったよ。ありがとう」

「……どうして『ありがとう』なんです？」

「死にかけてる時にこんな綺麗《きれい》な曲が聴けるなんて、思ってなかったから。……君はこの辺に住んでるの？　逃げ遅れちゃったのかな？　でももう心配いらないよ。怖い怪物は僕

がやっつけたから」

「……こんな状況でも、他人を気遣うんですね」

蝋人形《ろう》のように固定された少女の顔が、ほんの少しだけ揺らぐ。

その感情は読み取れない。珍妙な動物でも見るように、彼女は瀕死のダレンに対して怪訝《けげん》な眼差し《まなざ》を向けている。

「死ぬのが嫌なら、安心してください。あなたをこんなところで終わらせはしない」

「……え？」

冷めた表情とは裏腹に、その声音と瞳には力強い意思が宿っている。

ダレンの意識が朦朧《もうろう》としていく中、少女の大きな瞳とその内で揺れている炎のような輝きだけは、最後まで鮮明だった。

「どうか次に目覚めた後も、誰かを想う《おも》心を失く《な》さないでくださいね」

その言葉を聞いた直後、ダレンの視界は幕を下ろされたように漆黒で覆われる。

周りの景色が閉ざされた世界でも、最後に出会った少女の顔が頭から離れない。

ただひとりに見守られながら、英雄はその夜に生涯を終える――はずだった。

第一楽章　笛と剣

この世界唯一の国家、『シンフォニーアイランド』。四方を海に囲まれた大陸の上に築かれたこの文明は、古来より〝音〟と共に発展を遂げてきた。

静寂が広がる北部『ポダッカ』、最も人口密度の高い中間区域『セーニョ』、王都の位置する南部『トゥコー』。三区域で構成された土地の秩序を保っているのは、各地域で活躍する〝騎士〟そして〝神奏術士《しんそうじゅつし》〟たちである。

「はぁ……っ……はぁ……っ！」

『セーニョ』随一の商業都市『ドリアン』。その裏街道を駆けるのは冷や汗で額を濡《ぬ》らしている賊の男。

街の景色に溶け込みやすい、特徴のない衣服に身を包んだ姿は最近巷《ちまた》で警戒され始めた窃盗犯であることを覆い隠す。しかし出《い》で立《た》ちに似合わない学生鞄《かばん》を大事そうに抱えていることが、その怪しさに一層拍車をかけていた。

「その辺で諦めとけ」

「ひっ……⁉」

上空から投げかけられた声に怯《ひる》み、足が止まりかけた瞬間に男の視界がひっくり返る。

すぐそばの屋根から飛び降り、瞬《また》く間《ま》に男を取り押さえたのは深い紅《あか》の制服に身を包んだ少年だった。

「暴れるとケガするぞ」

銀の短髪と同じ色の鋭利な眼差しを男から離し、拘束する手に力を込めながら少年は冷静に男が取り落とした学生鞄を見やる。

「いってぇ……っ！　放せクソ！」

「白昼堂々、トーンハウスの生徒を狙ってひったくりとは恐れ入った。……っと暴れんなって。折れるぞ？」

「……ハハッ！」

「なに笑って――――」

背後に気配を察知するや否《いな》や、少年は即座に捕らえていた男の後頭部を踏みつけて失神させる。

「ぐぉ……ッ！」

勢いをそのままに宙返りを見せた彼はすぐさま方向転換。忍び足で近寄ってきた大柄な男の頭部へ回し蹴りを炸裂《さくれつ》させると、先ほど伏せた男へ被せるように転倒させた。

「そういえば二人組《デュオ》って話だったか、あんたら」

完全に気を失っている二人へ吐き捨てた後、奴《やつ》らが持ち逃げしようとしていた鞄を拾い上げ、手のひらで軽く土埃《つちぼこり》を払う。

「あ、アルギュロスく〜ん！　──いた！」

表通りから聞こえたのは息が上がった少女の声。

名を呼ばれた銀髪の少年──アルギュロス＝ハアトは手にしていた鞄を差し出すと、慌てた様子で駆け寄ってきた、自分とは対照的な純白の制服を着た少女に向けて言った。

「たぶん大丈夫だと思うけど、壊れてないか確認しとけ。学院に申請すれば修繕が終わるまで代わりが支給されるはずだ」

「ありがとう！　……うん、見た感じ傷ついてはいないみたい」

渡された鞄の中から楽器ケースを取り出し、少女は中身の笛の無事を確認するとホッと胸を撫《な》で下《お》ろした。

「ごめんね。わたしの不注意でアルギュロスくんまで危険な目に……」

「気にするな。笛は術士にとっての剣、命そのものだ。奪われるのをただ見てるだけってわけにはいかない。連中もパッとしない奴らだったしな」

「え？　…………ええっ⁉」

後ろを確認しながら語るアルギュロスを見て、少女は傍《かたわ》らで伸びている窃盗犯二人の存在に気がつく。

「戦ったの⁉」

「いいや？　とっ捕まえただけ。雑魚《ざこ》すぎて話にならなかった」

「だ、ダメだよ！　ちゃんと騎士の人を呼ばなくちゃ！　助けてくれたのはありがたいけど……！」

「その騎士が盗賊なんかに及び腰な方がダメだろ」

「アルギュロスくんはまだ候補生でしょ？」

「……かの有名な騎士ダレンは正式なライセンスを持っていないって話だぜ」

「……あのねぇ」

「ひーっ！　ひーっ！　二人ともぉ～……！　どこに行ったんですのォ……ッ⁉」

少女が困り眉で諭そうとしたところで、再び表通りからアルギュロスたちを捜す声音が飛んでくる。

「リオちゃん、こっちだよ」

「ふ、フィーネ……アルギュロスこうほせ……あなた達、走るの、はや……っ」

「お前がトロいんだよ、ヘリオローズ」

アルギュロスの隣に佇《たたず》んでいた空色の髪を揺らす少女——フィーネ＝ピカロの手招きで裏街道へと千鳥足でやって来たのは、彼女と同じ雪のように白い制服の女生徒、ヘリオローズ＝ラプター。

背中になびく長髪と同じ、燃えるように赤い前髪を留めていた薔薇《ばら》の髪飾りの位置を直しつつ、胸元の邪魔そうな膨らみを振り乱したヘリオローズは二人のそばで膝に手をつくと、鬼気迫る表情で深呼吸を繰り返した。

「それで……っ⁉ わたくしの親友の鞄を盗んだ救いようのない不届き者はどこに……⁉ この最高にして至高であるラプター家の次期当主、ヘリオローズ＝ラプターが手ずから裁きを下してさしあげますわ——っ！」

「んじゃ、早いとこ近くの騎士団《ギルド》に通報しないとな。できれば遅刻は避けたい」

「う、うん」

鼻息を荒げながら眼光を尖《とが》らせるヘリオローズを尻目に、アルギュロスは懐《ふところ》から取り出したロープで気絶している窃盗犯たちの腕を縛り上げる。

その様子を見たヘリオローズは目を丸くさせると、恐る恐るにフィーネの肩をつついて尋ねた。

「……フィーネ、これは一体……？」

「鞄、アルギュロスくんが取り返してくれたんだよ、リオちゃん」

「……ぐ、ぐぬ、ぬぬぬぬぬぬぬ……！」

「リオちゃん？」

「アルギュロス候補生！」

「んだようるさいな……」

窃盗犯の拘束を済ませたアルギュロスは面倒くさそうにヘリオローズの呼びかけに応じる。

ずかずかと大股で歩み寄ってきた彼女から思わず後退しつつ、アルギュロスは鬱陶しい言葉の数々を一身に受け止めた。

「まずはわたくしの親友を助けていただいたことに感謝いたしましょう！　ありがとうございます！　ですわ！」

「礼ならさっき本人から聞いたよ」

「しかぁし！　その気になればわたくしが即座に彼らを捕まえられたことをお忘れなく！　わたくしの神奏術にかかれば盗人《ぬすっと》の一人や二人や三人や四人――――」

「わかってるわかってる。それより俺こいつら見張ってるからさ、フィーネと二人で騎士を呼びに行ってくれないか？」

「言われなくとも！　行きますわよフィーネ！」

「あまり急ぐと転んじゃうよ？　リオちゃん運動ダメダメなんだから」

「なーに言ってるんですの子どもじゃあるまいし――ふぎゃっ！」

「ほら、ゆっくり行こうよ。騎士団の事務所、そんなに遠くないから」

「朝から大変だな……」

表通りへ向かう少女二人の背中を見送りつつ、アルギュロスは今回は抜くことがなかった腰の得物へと目を落とす。

透き通るような銀色の剣。

それはアルギュロスが身にまとっている制服以上に、彼を騎士たらしめている象徴であった。

「……少しは近づけてるかな」

この世界には古来より〝ディソナンス〟と呼ばれる人類の天敵が存在する。

発生源、繁殖方法は不明であり、奴らに関してわかっていることは現代でも極めて少ない。

ただどこからともなく現れ、人々が生み出す〝音〟に惹《ひ》かれて暴威を振りまく怪物である以上、それらと戦い国家の治安維持を図る役目を背負った者たちが必要になる。それが〝騎士〟だ。

ディソナンスの事件で記憶に新しいのは、やはり一年前に起きた〝ディザストロ〟侵攻だろう。

他のディソナンスを取り込み、その能力を獲得する力を持っていた奴は、僅か数日で政府の最高戦力でも手がつけられないほどの災厄へと成長してしまった。

加えて山よりも大きく、大洋を思わせる底なしの再生能力。ディザストロは間違いなく歴史上最大級の〝ディソナンス〟であり、世界の調和を乱す巨大な不協和音であった。

現れたのが『ポダッカ』の辺境地であったことが幸いして民間人の犠牲者は出なかったが、アレが討伐されないまま王都まで侵攻を続けていたらと想像すると怖気《おぞけ》が走る。

そして最終的にその〝最強のディソナンス〟を討ち取ったのは、やはり〝最強の騎士〟だった。

それが〝騎士ダレン〟。ライセンスを持たず、政府の機関に所属しないアウトローでありながら〝外道士〟ではなく〝騎士〟として世間に認められている唯一の人間。

自分たちの管理下にはないダレンを政府は疎《うと》ましく思いながらも時には都合よく利用していたようで、ディザストロの一件では彼に政府から直々の協力要請があったという噂《うわさ》も聞く。

やがて多くの人々が期待した通りダレンはディザストロを討ち取り、彼は正真正銘この国の英雄となった。

きっと今もどこかで人知れず剣を振るい、彼の力を必要とする者たちを救っているのだろう。

その存在は、アルギュロスを含めた多くの騎士候補生たちの原動力になっていた。

(いつか俺も、あの人のような騎士に)

●

「そういえば今日でしたわね、編入生さんがいらっしゃるのって」

付近の騎士団へ窃盗犯の通報を済ませた後、登校中の道のりでヘリオローズが不意にこぼした。

「え？」

「ああ、そういえば……そんな話あったね」

おもむろに空を見ながらフィーネも呟《つぶや》く。

「やけに上機嫌だな」

「ふふん」

ふと視界に入ったヘリオローズの表情がにやけていることに気がつき、アルギュロスは眉をひそめながら彼女へ視線とともに疑問を飛ばした。

「なんとそのお方、わたくしと同室になるみたいなんですの〜」

「そうだったの？　よかったねリオちゃん」

バレエさながらにステップを踏みながら自慢げに話すヘリオローズに、アルギュロスはますます首を傾ける。

「え、どういうことだ？　寮ではもともと二人一組が基本だろ？」

「以前リオちゃんのルームメイトだった子、お家《うち》の事情でヘリュッセル学園に転校しちゃったんだ。それからずっとリオちゃんだけひとりだったの」

「ああ、なるほど」

「別に寂しかったわけじゃありませんが？　いざとなればフィーネを招いてお茶会を開けばよいことでしたし？　ぜんっぜん寂しくなんかありませんでしたわよ？　あ～今宵《こよい》は長い夜になりそうですわぁ～！」

「フィーネの他に友達いないのか？」

「それ以上言ったら薔薇の肥料にしますわよ」

「まあまあ………」

ヘリオローズとアルギュロスの間に挟まれて歩いていたフィーネが苦笑しつつ両腕を開いては両者を抑える。

お互いに我が強い性格だからか、この二人は何気ない日常会話から一転して火花を散らすことも珍しくない。こう見えても騎士学科、神奏学科でそれぞれ優秀な成績を積み上げている候補生たちなのだが、そのようなところはまだまだ幼いと言える。

「けどそうか……ヘリオローズと同室ってことは、編入生は女子……神奏学科の生徒だよな」

「なに当たり前のことを言ってやがりますの？」

毒気が交じったヘリオローズの言葉を流しつつ、アルギュロスは口元に手を添えて何かを考え込むような素振りを見せる。

「いやさ、実は俺も編入生が来るってことは噂で知ってたんだが……そいつは騎士学科に入るって話だった気がするんだよ」

「まさか。聞き間違えたんでしょう、おバカ」

「いやぁでもな……クラスの奴《やつ》らが大声で言ってたし。アホに言われたくないが」

「実際わたくしの部屋にその方が来るのは事実ですわよ。こちらこそおバカさんに言われたくないですわぁ～。せめてダレン様くらいの騎士になってから大口叩《たた》いてくださいまし」

「ケンカか話すかどっちかにしなよ……」

困ったような、呆《あき》れたような顔で肩をすくめたフィーネが前へと向き直る。

「まあ、どのみち行ってみればわかるよ」

街の最奥《さいおう》へと進み、三人が見上げた先にそびえているのは『トーンハウス学院』の校舎。

というよりは城塞。

東部にあるヘリュッセル学園と双璧を成す、新たな時代の騎士及び神奏術士《しんそうじゅつし》の育成を担《にな》っている教育機関である。

「じゃあまた合同演習でね、アルギュロスくん」

「首を洗って待ってろですわ」

「ああ、またな」

何やら不穏な捨《す》て台詞《ぜりふ》を投げられた気がするが、いつものことなので三秒で忘れつつアルギュロスは二人と門のそばで別れて自分の教室を目指す。

東のヘリュッセルと同様、トーンハウスには騎士学科と神奏学科の二つの専攻が存在し、この世界では説明するまでもなく前者は男子、後者は女子が所属する学科だということが理解できる。

（……お、なかなか上手《うま》いな）

教室までの道中。どこかで演奏されている笛の音色が耳に届き、アルギュロスは歩きながら自然と鼻歌でセッションを奏《かな》でた。

神奏学科の生徒がどこかの空き教室で朝練でもしているのだろう。

ついつい弾んだ気持ちで歩みを進めていたせいか、ガラリと教室の扉を開けてから同級生たちが何やら騒がしい空気を漂わせていることに気がつくのに少々時間がかかった。

「む……おはよう、アルギュロス候補生」

「おはようローグ。……なんかザワついてるな？」

教室へ入ってすぐ横に佇《たたず》んでいたのは背が高く逞《たくま》しい体つきの生徒。ローグと呼んだ寡黙な雰囲気の彼と挨拶を交わした後、アルギュロスは目の前の光景に目を瞬《またた》かせた。

座席の段差が重なった広々とした空間で、騎士学科の男子生徒たちが各々《おのおの》のポジションで雑談に勤《いそ》しんでいる。

「何かあったのか？」

「知らないのか？　編入生が来るって、前から騒がれていただろう」

「ええ？　あぁー……知ってたけど、そりゃ神奏学科の話だろ？」

「いいや。このクラスに来ると、さっきアルベル教官が」

「………なんだって？」

ヘリオローズとフィーネから聞いた話と食い違いが起こり、アルギュロスは怪訝《けげん》な顔で眼《め》を細めた。

「俺は神奏学科に来るって聞いたけど……。さっきヘリオローズたちから」

「ラプター候補生から？　それは妙だな。奴が勘違いしているのではないか？　阿呆《あほう》だろう、奴」

「まったく同感だが、確かにあいつは自分の部屋に来るって。あの浮かれようは確信を得ているとしか――いやでもあいつアホだしな………」

「……まあいい。そろそろ教官が編入生を連れて戻ってくる頃だろう。早いとこ席に着こう」

そう言って自らの座席へと移動したローグの背後へ付き、アルギュロスもまた定位置へと向かう。

腰を下ろし、改めて違和感と向き合ったアルギュロスは疑問の答えが欲しくてもやもやしっ放しであった。

編入生が神奏学科に来るという情報も騎士学科に来るという情報も、周囲の反応からしてどこか信憑《しんぴょう》性を帯びており、どちらが真実なのか判断がつかない。

編入生が男女ひとりずつ、計二人いる――ということなら腑《ふ》に落ちるが、それならそれで最初からそのように噂が広まっていたはずだ。

（なんだ、この感じ）

知らない感情の汗が滲《にじ》んでくる。

いつもと変わらない朝の教室に、いつもと違う何かが迫っている。

それが良《い》いことなのか、はたまた災難なのかはわからない。

だがどのみち今までのような日常はもう訪れないのだと、アルギュロスはそんな胸騒ぎを覚えずにはいられなかった。

「みんな静かに。ほら席に着いて」

五分ほど経《た》った後、ようやく担任である教官のアルベルが帰ってきた。

よほど慌てることがあったのか。いつもは後ろの方で綺麗《きれい》に束ねている髪の毛が少しだけ乱れているように思える。

「教官、編入生来るんでしょ？　どこ出身の奴ですか？」

「何連撃持ちー？」

「そのことについて早速話があります。ひとまず静かになさい」

後方の席から見るアルベルの顔色は少しだけ青く、アルギュロスは妙な予感が的中してしまったように感じ、自分の胸のざわめきが強まるのがわかった。

浮ついた空気を窘《たしな》めながら教卓の前に立った教官は軽く咳払《せきばら》いをし、どこか困却した表情で生徒たちを見渡しながら口を開く。

「もう殆《ほとん》どの方が把握していると思いますが、本日からこのクラスに新たな騎士候補生が加わります。二年生へ進級するまでもう半年もない時期ではありますが、残りの期間も皆で切磋琢磨《せっさたくま》し、共に国へ尽くすための知識や技術を磨いていってください」

アルベルがはじめに口にした内容が耳へ滑り込んできた瞬間、アルギュロスはその先の言葉が途端に理解できなくなった。

男子しか在籍しないはずの騎士学科に編入生がやって来る。

そうなると真っ先に脳裏をよぎるのはもちろん、編入生は男子生徒であるという予想。

しかし同時に、先ほど交わしたヘリオローズやフィーネとのやり取りもアルギュロスの頭から離れずにいた。

「――ではグランテッドさん、入りなさい」

アルベルがそう言うと生徒たちのひそひそ声に満ちていた教室がしん、と重たい静寂に包まれる。

直後、

「…………は?」

そんな声が漏れたのはアルギュロスだけではなかったと思う。

開かれた扉をくぐり抜け、ゆっくりと入室してきたその人物を視界に入れた瞬間、その場にいた誰もがその異様さに目を見開いたはずだった。

「――初めまして、モニカ゠グランテッドです。……言いたいことはたくさんあると思うけど、これから先の学院生活、どうぞよろしくお願いします」

透明感のある色の薄い金髪。そして何より心に焼きついたのは、吸い込まれてしまうような大きな桃色の瞳だった。

騎士学科の証《あかし》である深紅の制服を身につけているが、アルギュロスたちのものと違って下はショートパンツにアレンジされており、裾から下は健康的な太ももが輝いている。

それだけならまだ少年であると捉えられないわけではなかったが、上着を持ち上げている胸元の膨らみは間違いなく当人が女性であることを主張していた。

「……よろしい。では空いている席へ」

「はい」

皆無言だった。誰もがこの状況を呑《の》み込めないでいたのだ。

アルベルが指し示した席へと向かい、静かに腰を下ろした少女──モニカは隣席のローグに向けて「よろしくね」とだけ伝えると、おかしいことなど何もないと言わんばかりに微笑《ほほえ》んだ表情のまま教卓の方へ姿勢を正す。


──『はああああああああああああああああああッ⁉』


そう生徒たちが揃《そろ》って絶叫するのも当たり前の光景が広がっていた。

「お、女の子……⁉」

「なんで騎士学科に女が⁉」

「制服かわいくなってるし……！」

「アルベル教官！　一体どういうことですか⁉」

他の生徒たちが取り乱すのを予想していたのか、モニカは作っていた表情を崩して苦笑いを浮かべるも教官へ視線を送って代弁を求めた。

「皆さんは……この学院に入学する際の条件を覚えていますか？　──ローグ＝カーバイン候補生」

アルベルから名指しを受けたローグは一瞬戸惑いつつもその場で立ち上がり、重たい声で求められている返答を口にする。

「……試験の合格、のみです」

「その試験とは？」

「シンフォニーアイランド政府発行の教本に基づいた座学……及び剣による実技試験」

「その通り。そして彼女はこれらを問題なく突破しています。……私から話すべきことは、これで十分でしょう」

欲しかった言葉が返されず、少年たちは未《いま》だ釈然としない様相で口を開けたままにしている。

アルベルが口にした前提条件など、この場にいる騎士候補生は百も承知である。今やって来た少女がそれを満たしていることも、説明された通りの意味を受け取れば何ら異議を唱える点はない。

だが、彼女は女性。女の子なんだ。騎士でそれはおかしい。どう考えても。

「何分ですか？」

アルベルが言い終わると同時に、間を空けることなくそう尋ねた生徒がいた。

「実技試験……彼女は何分で合格したのですか？」

トーンハウス学院騎士学科の入学試験は座学よりも実技の配点が圧倒的に高い。

その内容は時間制限なしの教官との模擬戦。神奏術によって作り出された、外界とは時間の流れが異なる特殊な空間で一対一の剣での戦闘を行い、受験者が諦めるまでに指定された教師の体の部位へ攻撃を当てられた者は例外なく合格できる。

時間による制限がないのだから、諦めさえしなければ合格することは容易《たやす》い――そう考える者も多いだろう。しかし現実はそう甘くなく、毎年半数以上の受験者が志半ばで折れてしまう。

しかし逆に言えばどれだけ時間がかかっても最後まで諦めることなく結果を出した生徒も存在する。中には丸五日分の時間を粘って合格を勝ち取った者もいた。

「確か今年の首席合格は……アルギュロスだったよな？」

教室のどこかでひっそりと聞こえた声に反応し、アルギュロスはぴくりと肩を揺らす。

「あいつの成績は……何分だったっけ?」

「おいおい忘れたのかよ。一年生の間じゃ有名だろ」

「確か……四分三十六秒だろ?　唯一の五分切り。これ聞いたとき笑うしかなかったもん」

「お前ら…………」

小さなやり取りを交わす生徒たちへ「余計なことは言わなくていい」という意思を込め尖《とが》った眼差《まなざ》しを注ぐアルギュロス。

しかし実際のところ、アルギュロスが騎士学科一年生の中で現時点のトップであることは間違いなかった。

少々棘《とげ》はあるものの学院内での品行方正は模範的であり、入学時から一学年を束ねる監督生として周囲からの期待に恥じない活躍を続けている。

今この教室において、アルギュロスは自他共に認める最も優れた騎士候補生であると言えるだろう。

「……グランテッド候補生の成績に関しては学院側からお伝えすることはできません。そんなことより、周囲の環境が変わっても今後とも怠ることなく修練に励んで

――――――――」

「五十二秒」

瞬間、空気が凍りつく。

「実技試験、僕は五十二秒で合格したよ」

クラスメイトの視線が先ほどまで注目の的であったアルギュロスからモニカへと移る。

彼女が言い放ったことの意味を呑み込んだ男子生徒たちは、またしても呆然《ぼうぜん》とすることしかできずにいた。

●

トーンハウス学院は主に神奏学科の第一棟、騎士学科の第二棟、図書館や食堂に加え職員たちの研究室などがある第三棟の三つで構成されている。

それぞれの学科の生徒同士は合同演習以外では授業中に顔を合わせることは少ないが、昼休みになると多くの人間が食堂や図書館を利用するために第三棟へ集まるため、そこでは紅と白の制服が入り乱れる様子が観察できる。

「ここが学院の図書館だ。騎士候補生が借りるような剣術指南書はもちろん、術士候補生が使う譜面の原本とかもここで管理してる」

「なるほど……。どうりですごい数」

騎士候補生アルギュロス＝ハアトは現在、アルベルから頼まれた編入生の校内案内を遂行している最中であった。

三階構造となっている図書館のど真ん中に立ち、モニカは周りを埋めるように保管されている蔵書に感嘆の声を漏らす。

気品のある静けさで満たされたその空間は足音ひとつ立てるのにもつい神経を使ってしまう。

「これだけ本があるなら知識には困らないね。来てよかったなぁ」

「……しつこいようで悪いけど、グランテッドさんは」

「モニカでいいよ。君のことは『アル』って呼んでもいいかな？　アルギュロス～だと長いし」

「──モニカは、術士候補生ではないんだよな？」

「うん、違うよ。僕は正真正銘、騎士候補生」

気持ち良さすら覚える屈託のない声音で答えたモニカに対し、アルギュロスは幾度目かの仰天に襲われた。

騎士学科の紅《あか》い制服に——珍しい形状をしているが腰に下げている物は確かに騎士の命たる剣だ。装《よそお》いに目立っておかしな部分はないが、モニカが少女であるというただ一点だけでその全てが常識から外れたものに変わる。

完成された楽譜の中に発生したノイズか、あるいは個性を表すアレンジか。

アルギュロスを含め、トーンハウスの生徒たちがモニカを見る目は明らかに前者であった。

「次はそうだな……。ちょうどお昼なんだし、食堂に案内してくれないかな。一緒に食べようよ」

「あ、ああ」

モニカのどこか無邪気さを帯びた表情と振る舞いはアルギュロスの緊張をほぐしかけるも、彼はその度に今朝のことを思い出して再び身構えてしまう。

——現役の騎士である教官を相手にした実技試験で一分を切る者など、任務に駆り出されることもある上級生でもそうザラにはいない。

この小柄な少女のどこに、そんな力が秘められているのか。

この子犬のような彼女に、自分のこれまでの研鑽《けんさん》は容易く飛び越えられたというのか。

隣を歩く少女が、ひどく遠くに感じる。

「今日は俺がご馳走《ちそう》しよう」

「えっ、いいの？　僕めちゃくちゃ食べるけど……」

「いい。監督生の務めの内だ」

複雑に絡《から》まった心に頭を悩ませながら、アルギュロスは必死に平常心であるかのように振る舞った。


「う～んおいっしい！　すごいやここの料理！　メニューの数も質も一級品だね！」

食堂の片隅の席に座っていたアルギュロスは、向かい側で大量に積み上げられた皿とミートパイを頬張り満足げな笑顔を見せるモニカに対してまたしても愕然《がくぜん》としていた。

騎士学科の制服を着た女子生徒。それだけでも周囲の目を集めるのは避けられないことであるが、底なしかと思えるほどの食欲はさらに目を見張るものがある。

「すっ……すごいな。まだ食べるのか？」

「食べれるね～。ほら、僕って君たちと比べてまだまだ体が出来てないし、沢山食べて筋肉つけないとだからさ」

「目的はわかるけど、その食欲とは結びつかないだろ……」

「さっきも言ったけど、ここの料理がすごくてつい、ね。こんなランチが毎日食べられるなんてここの子たちは幸せだよ。——ていうか、アルはそのプレートに載ってるのだけでいいの？　騎士を目指すならもっと血と肉を増やさないと。男の子なら尚更《なおさら》ね」

口元にパイの食べかすを付けたまま、モニカはアルギュロスの眼下に置かれているオムレツとパンを小指で示す。

これでも騎士学科の生徒のために量は盛られている方なのだが、モニカからしてみればどうにも物足りなく見えるらしい。

「同意できるが、食べ過ぎるのは逆効果だ。午後には神奏学科との合同演習もある。腹が膨れて十分なパフォーマンスが発揮できないなんてことになったら滑稽だぞ」

「合同演習？」

「把握してなかったのかよ……。今日は二人一組《デュオ》での戦闘を想定した模擬戦だ。——そういえばお前のルームメイト、」

「模擬戦！」

「うおっ⁉」

身を乗り出してきたモニカの顔がアルギュロスの目の前まで迫る。

大きな瞳を煌《きら》めかせながら、彼女は鼻息を荒げてまくし立てた。

「いいねー！　待ってたんだぁそういうの。誰と誰が戦うの？」

「べ、別に決まってはいない。その時その時で教官が決めたり、生徒が――近い！

ちゃんと座れ！　口の食べかすを落とせ！　候補生に相応《ふさわ》しい作法を身につけろ！」

「おっと……ごめんごめん。つい高ぶっちゃって」

笑みを崩さないまま話すモニカにアルギュロスは細めた目を向ける。

彼女の子どもっぽさが残る言動からは騎士の威厳など感じられるわけがなく、実績と印象のギャップに混乱させられっぱなしだ。

――やはり何かの間違いではないか？

アルギュロスの中でモニカの評価が揺らぎ始めたそのとき、嵐は唐突にやってきた。


「モニカ＝グランテッド！」


その一声が響き渡った直後、賑《にぎ》やかだった食堂に緊迫した空気が流れ始める。

皆の視線が集まりだした出入り口前で腕を組みながらどっしりと構えた神奏学科の生徒

がひとり。

　振り向いたアルギュロスは揺らめく炎のような長髪が視界に入ってすぐに嫌な予感を察知すると、眉間を押さえて深くため息をついた。

「君は――――ヘリオローズ＝ラプター。今朝ぶりだね。どうしたの？　血相変えて」

「ど・う・し・た・のじゃないですわよ！　話はまだ終わっていなくてよ⁉　ちゃんとわたくしが納得する説明をしやがれですわァ！」

「えー……だから何回も言ってるじゃない。僕は騎士候補生なの。けどあくまで女子って扱いになるから寮は神奏学科の子たちと同じなの。わかるでしょ？」

「わかりませんわ全然わかりませんわ！　あなたの言葉も着てる制服も腰にある剣もぜーんぶわけわかんないですわァ！」

「ともかくこれからよろしくね」

「勝手に話を終わらせないで頂けます⁉」

「だって君いくら言ってもわかってくれないし……。あ、お昼一緒に食べようよ。人間、食卓を囲めば仲良くなれるんだからさ」

「お断りしますわ……！　――アルギュロス候補生！」

「なんだよ」

前触れもなく矛先を向けられたアルギュロスは口をへの字に曲げながらヘリオローズを見上げる。

「このちんちくりんの小娘が将来〝騎士〟に——ダレン様と同じ肩書きになるだなんて想像したくもありませんわ！　一体いつから騎士学科は男女の社交場になったんですの⁉」

「『様』……？」

ヘリオローズが発した単語のひとつに応じるように、微《かす》かにモニカの眉が動く。

「試験は突破したって言うんだ。……認めるしかないだろ」

「仮にも監督生でしょうがあなた！　ハッ！　見損ないましたわ失望しましたわ！　わたくし怒りで震えが止まりませんわー！」

「プリプリしてて面白いねこの子」

「趣味悪いぞ。改めろ」

「なんですってぇ⁉　も——う我慢なりませんわ！　合同演習を楽しみにしていなさい！　この最高にして至高のヘリオローズ＝ラプターが手ずから裁きを下して——！」

「ああっ！　リオちゃんいた！　ダメだよ食堂で騒いじゃ！」

湯気を噴き出す勢いでモニカに食らいつくヘリオローズを止めたのは二人目の乱入者だ

った。

「ええい放しなさいフィーネ！　わたくしの堪忍袋《かんにんぶくろ》は既に限界突破していますのぉ！」

「みんなの迷惑だよ！　ほら、戻って近接戦闘の対策しよ？」

「い～！　嫌ですの～！　そんなことしたらまた筋肉痛に――――――！」

友人に引きずられて退室したヘリオローズの姿が見えなくなった後、アルギュロスは眼下にあるプレートを視界の中心に収めながらモニカへぽつりと言った。

「――とまあ、今のは大げさな例だが……ハッキリ言って他の奴《やつ》らが現時点でお前に抱いている印象も、あの赤いのとそう変わらないだろう」

事実を伝えたつもりでもやはり嫌な言い方に思えてしまい、アルギュロスは彼女の顔を見ることができなかった。

男は〝騎士〟に、女は〝神奏術士《しんそうじゅつし》〟に。ある合理的な理由からそのように築かれてきた歴史は人々の常識として浸透し、疑う者はいない。

「……正直な話、俺もまだお前が騎士学科に在籍していることが信じられない。そう周囲から思われることもわかってたはずだ。その上で騎士を目指すワケはなんだ？」

「簡単さ。僕は今のかたちこそ、僕の実力を一番発揮できると確信している」

「と言うと？」

「わからないなら、見せるよ」

モニカが椅子から立ち上がる音が聞こえ、アルギュロスは反射的に顔を上げては彼女と視線を交わす。

「僕が紛れもなく騎士候補生だってことを、君たちに証明するよ。――この後の合同演習ってやつ、模擬戦やるんでしょ？」

その瞳は、出会い頭のときよりも輝いているように見えた。

●

トーンハウス学院は校舎から少し離れた位置に巨大な修練場を保有している。

その広大さから時折街が主催する闘技大会などにも貸し出されることがあるこの場所は、普段学院の生徒たちが自由に使用することができ、当然実技が絡む授業にも用いられる。

そして騎士学科、神奏学科に各学年一つずつ存在するクラスが合同で行う演習も、多くはこの修練場で行われていた。

「本日も騎士と神奏術士によるペア――二人組《デュオ》での戦闘訓練を行います。神奏学科の皆さん、よろしくお願いします」

『よろしくお願いします！』

今日の合同演習を担当するアルベルが一礼したのを見て、神奏学科の女生徒たちも揃《そろ》って深々と頭を下げる。

その中にただならぬ黒い視線が交ざっていることに気がついたモニカは、騎士学科の待機列の中でくすくすと笑いを漏らした。

「見て、ヘリオローズってばすっごい睨《にら》んでる。やっぱいいよね～あの子」

「お前の言う『いい』の基準が気になってしょうがないよ。――ほら、始まるぞ。前向け」

「おっと」

アルギュロスに背中を押されて向き直った先に広がっているのは修練場の平らなフィールド。

こうして実際に施設内に入ってみると一層その広さが身に染《し》みる。

「それぞれで修練を始めてもらう前に、またあなた達の中から二組を選出して皆さんの前で決闘形式の手本を見せていただきましょう。――アルギュロス＝ハアト候補生、頼めますか？」

「はい」

教官が指名してすぐにアルギュロスがフィールドの中心へと向かう。

成績優秀者ということもあって彼が選ばれるのはそう珍しいことでもないようで、他の生徒たちも別段人選に反応する様子もなく静かに見守っている。

「パートナーは……ヘリオローズ＝ラプターを希望します」

「承知しました。ラプター候補生、よろしいで────」

「待ってましたぁ！」

向かい側にいた神奏学科の列の中から勢いよく飛び出した赤色がステップを踏みながらアルギュロスと並び立つ。

「では相手は────」

「モニカ＝グランテッドを希望します」

アルベルの言葉を遮るように口にしたアルギュロスを見て、思わず周囲にどよめきが広がった。

「……ハアト候補生、相手となる生徒は私が指名します」

「俺たちはまだ彼女の実力を知りません。今後も同じ学科の仲間として修練を共にする以上、今この場でお互いのことを把握しておくことは重要だと思います」

「僕は構いません」

張り詰めた空気の中、男子生徒の列の中から一本の細腕が挙がる。

「アルギュロス候補生とヘリオローズ候補生の相手は、僕がします」

「……本人がそう言うのなら、認めましょう」

教官の了承を得たモニカもまた立ち上がり移動すると、アルギュロスたちと対峙《たいじ》するように離れた位置で歩みを止めた。

「よろしくね、二人とも」

「……ああ」

「ベーっ！」

軽い準備運動がてら関節を動かしながら、モニカは視線をフィールド全体へ巡らせる。

昼休みの食堂で「合同演習のときは相手になる」とアルギュロスへ伝えてはいたが、まさかこのようなタイミングでその機会が訪れるとはモニカも考えていなかった。

落ち着いているように見えて、アルギュロスはモニカの実力が気になって仕方がないらしい。

ギラついた感情を肌で感じ取ったモニカの口角は自然と上がっていた。

「それではグランテッド候補生、パートナーの指名を」

「いりません」

「……はっ？」

間の抜けた声を発したアルベルとともに、その場にいた全員が自分の耳を疑う。

「僕だけで問題ありません。早く始めましょう」

「はっ……はぁ～～～⁉」

最初に声を上げたのはヘリオローズだった。

「ふざけるのも大概になさい！　仮にも騎士だと主張するなら、術士のサポートが戦闘においてどれだけ重要か理解しているはずですわよね⁉　……まさかとは思いますが、よりにもよってかの英雄を真似《まね》ようなどとは――――！」

「やめろヘリオローズ」

興奮気味の怒声をモニカへ浴びせる彼女を制し、アルギュロスもまた前方に立っている子犬のような恐れ知らずを睨んだ。

「本気で言ってるんだよな？」

「もちろん」

「ひとりで俺たちに勝てると？」

「それはこれからハッキリさせよう。その方がわかりやすくていい」

「……違いない」

他の生徒たちはフィールドの壁際《かべぎわ》まで後退しつつ、モニカ、アルギュロス、ヘリオローズの三人は一定の距離を空けながら中心で向かい合っている。

ヘリオローズは艶消しの黒を下地としきらびやかな薔薇《ばら》の装飾が施された高級感のある笛を、アルギュロスは鏡のような輝きを放つ銀色の剣を、それぞれ腰から引き抜いた。

「……アル、その剣どこで手に入れたの？」

「あ？　……今話すようなことじゃない」

「それもそうだ」

戦闘態勢に入った二人を正面に見据えたモニカも満を持して自らの得物を抜剣する。

「な……………」

「なんですの……？」

直後、アルギュロスとヘリオローズの表情が困惑で歪《ゆが》んだ。

モニカが引き抜いた剣は、よくよく見ればまるで笛と刃が一体となったかのような奇妙な外見をしていたからだ。神奏術士が演奏の際に音色を操作するキーらしきものまで付いている。

戦うための武器――というよりは観賞用の芸術品、といった印象を覚えた。

「おい、なんだその剣？」

「え？　あー…………今話すようなことじゃない、でしょ？」

「…………」

その場の緊張が限界に達すると同時に、両者の間に重たい沈黙が流れ始める。

——そんなオモチャで。

ふざけているのか？　と、アルギュロスの中で小さな火花が跳ねた。

「それでは——始めッ！」

そして遠くで聞こえたアルベルによる号令に従い、候補生たちはついに動き出す。

「——ッ！」

「ちょっ……!?　アルギュロス候補生!?」

戦いの火蓋が切られると同時に正面へと飛び出したのはアルギュロスだ。

モニカとの距離が縮まるにつれて疾走する速度を高めていく彼はまさに銀色の風。人間が通常発揮できる瞬発力を軽く超えているように思えるが、周囲で見守っていた生徒たちは特に驚くような反応は見せない。

血液中に含まれる〝呼応力《こおうりょく》〟の覚醒によって実現する運動能力の強化は、男性にとって当たり前に備わる身体《しんたい》機能だからだ。

「勝手に飛び出さないでくださいます⁉」

パートナーとの連携を二の次にモニカへと疾駆するアルギュロスだったが、彼をよく知る騎士学科の生徒たちこそ驚いたであろう。いつも冷静に状況判断を下す彼とは正反対の行動だったからだ。

アルギュロス自身も何故《なぜ》そのような行為に及んだのかははっきりと言葉にすることはできない。

ただ己の中にある大切なもの――――矜持《きょうじ》と呼べるものを守るために、あるいは目の前に立つ少女が本当に自分よりも上にいるのかを確かめるために、
それらの高揚感にも似た情熱が衝動となってアルギュロスの体を突き動かしたのだ。

(〝呼応力〟の覚醒は男にしかできない……。生身で戦う術《すべ》を持たないお前に、どうして俺を超えられる?)

剣を握る手に一層力が込められる。

(女のお前がどこまでやれるのか――――見せてみろ!)

跳躍し、風を切りながらアルギュロスは眼下に立つモニカへと勢いよく剣を振り下ろす。

一方のモニカは手にしていた笛のような剣の歌口へ唇を添え、微塵《みじん》も焦《あせ》ることなく落ち着いた表情を保っている。

修練場は神奏術による特殊な固定術式が施されており、あらゆる殺傷行為は曖昧な結果として現れる。思い切り剣で斬りつけたとしても、命を奪うような致命傷にはならない。本気で殺し合うつもりで戦ってもせいぜいが半殺し――いや、七割殺しといった程度に留《とど》まる。

だからこそアルギュロスも、剣を振る際に手心など加えない。

「単発技法《アクセントスマッシュ》！」

シンプルな縦方向の斬撃。騎士候補生の一年生が最初に習得する基本の剣技でありながら、アルギュロスのそれは極めて力強く、かつ精度の高い直線を描いていた。

しかし教官も思わず首肯するほどの一撃は、相対するモニカへ到達することはなかった。

「……壁⁉」

空中で見えない何かに阻《はば》まれた。

アルギュロスは両腕の筋肉を力ませ、刃に衝突した透明な壁へさらなる負荷を与えるも、まるで突破できる気がしない。

「……！　神奏術か！」

直後に耳へ流れ込んでくるのは重たい笛の音。

壁の向こう側で涼しい表情を見せるモニカは、構えた剣――もとい笛で分厚い壁を積み上げるような、荘厳《そうごん》な音色を奏《かな》でていた。

この一瞬の間にモニカが手にしていた得物の刃は収納され、先ほどよりも一層楽器に近づいた外見になっている。

「アルギュロス候補生！　それは《防壁の譜面》ですわ！　なにをしても無駄ですの！」

「チッ……！」

背後から飛んできたヘリオローズの声とほぼ同時にアルギュロスは空中で身を翻《ひるがえ》す。

彼が着地すると同時に演奏を終えたモニカは、閉じていた大きな瞳を開きながらふっと余裕のある笑顔で話し出した。

「その通りだよ。この曲は演奏時間に比例して防壁の強度が上がり――完遂すると、周囲に三十秒間の絶対領域を形成することができる。物理的な攻撃は意味を成さないよ」

「ずいぶんな自信だな。あらゆる物理的障害から身を守る神奏術……。確かに強力だが、身を守れるのはあくまで三十秒間だけだ。そして譜面の構造上、《繰り返し》《ダ・カーポ》は不可能。再び発動しようにも必ず隙が生まれる。そこを叩《たた》けばいい話だ」

「すごいね。騎士学科なのに詳しいんだ」

「戦闘に関わる術は必要知識だ。知ってて当たり前だろ、こんなの」

そう吐き捨てたアルギュロスに、戦いを見守っていた騎士学科の多くの生徒たちが「うっ」と苦い表情を浮かべる。

自分の周囲に築かれたドーム状の壁を見渡しながら、モニカは再度手にしていた得物の柄を口元に掲げた。

「……これは」

疑問が浮かぶとともにアルギュロスの眉間にしわが寄る。

モニカが演奏したのは先ほどの《防壁の譜面》とは打って変わって軽快な曲調の《譜面》。

薄々わかってはいたが、モニカが先に展開した防壁は単にアルギュロスの攻撃を防ぐためのものではなかった。三十秒間の絶対領域を作り、追加で神奏術を発動する時間稼ぎをするためのものだったのだ。

聴いた感じ《防壁の譜面》よりはテンポが速い、八から九小節ほどの曲。難易度で言えば中級といったところか。

女性の心臓にのみ宿るとされている〃内なる神〃――その力を木管楽器による演奏で引き出すことで対象にあらゆる加護を与えることができる神奏術は、当然ながら女性にしか扱えないものだ。

(なるほど、神奏術を上手《うま》く使って試験監督を翻弄したわけだ)

モニカの手慣れた動きにアルギュロスは息を呑《の》む。

(だが術士としてどれだけ優れていても、接近戦に持ち込んでしまえば騎士の独壇場だ。

……どう考えても俺の敵じゃない)

《防壁の譜面》の効果が途切れるまで残り十秒もない。頭の中でカウントを刻みながら、アルギュロスは腰を低く構えてモニカを視界の中心に据えた。

やがてモニカの二度目の演奏が終了し、同時に防壁も解除される。

「単発技法《ウノボルテ》!」

地面に亀裂が走るほどの踏み込みによって生み出される爆発的な直進。

モニカめがけて放たれたその突き技は、対ディソナンス用に古くから存在する剣技である。

足先から全身の筋肉、そして剣の先端まで正確に力を乗せることで発揮される威力は、数ある剣技の中でも最高峰と言っていい。

正面から突貫してくるアルギュロスに対してモニカは防御姿勢をとることなく、リラックスしているようにも思える佇《たたず》まいで前方を見つめている。

今度こそアルギュロスの繰り出した刃が彼女を捉えようとした次の瞬間、

「…………!?」

視界からモニカの姿が消失した。

力の行き先を失ったアルギュロスの剣はバランスを崩すも、瞬時に足腰へと力を戻して体勢を立て直す。

「やるね、アル」

耳元で囁《ささや》かれ、左に回り込まれたとアルギュロスはすぐに察知する。

咄嗟《とっさ》に体を回転させながらブレーキをかけ、一定の距離を空けつつ再びモニカと対峙《たいじ》した。

「今の動き……」

常人では考えられない身のこなしを目の当《ま》たりにし、アルギュロスの中で緊張が芽生える。

〝呼応力〟を覚醒させた体の動きを見切られた。アルギュロスの放った突き技を完璧にいなし、それに匹敵する速度でモニカは彼の背後をとってみせたのだ。

「どういうことだ……？」

「ご静聴ありがとう」

モニカは笛を騎士然とした構えに直し、相対するアルギュロスへと眼差《まなざ》しを突きつける。

小さな手に握られていた楽器から、再び両刃が展開した。

「ここから先は——元気にいこうか」

刹那、残像を置き去りにしたモニカが迫った。

息をするのも忘れ、アルギュロスは向かってきた剣閃《けんせん》に対して反射的に防御の剣を振るう。

「二連技法《ドゥエボルテ》」

「ッ……！」

衝突するのは互いに解放した二連撃。

鍔迫《つばぜ》り合《あ》いになるのも束《つか》の間《ま》、バックステップで切り別れたモニカは休むことなくアルギュロスへと技を浴びせていく。

「三連技法《トレボルテ》！」

「三連技法……！　《プレストコール》！」

続けて四連、五連、六連、と徐々に高度な剣技による攻防へと移っていく。

一年生のレベルを軽く逸脱した戦い——それに両者とも付いてこられているという事実は、観戦していた全ての人間に喫驚《きっきょう》を植え付けた。

「それっ！」

「ぐっ……！」

ギィン！　と腹の中を突き抜けるような音を刃と刃で反響させ、モニカとアルギュロスはまたしても互いの間に距離を作る。

思わぬ展開に険しい顔のまま愕然《がくぜん》としつつ、アルギュロスは肩を小さく上下させた。

「それも神奏術か？」

「どう思う？」

「そうじゃないと説明ができない。女の血に〝呼応力《こおうりょく》〟は含まれていない以上、身体能力を底上げする術を使ったとしか……」

「正解。《強化の譜面》って言ってね、その昔護身用に開発された術なんだってさ」

そう語るモニカの言葉を聞いて、アルギュロスは脳内で頭を横に振った。

どんな術を使ったかは問題じゃない。

モニカはアルギュロスを上回る完成度で剣技を繰り出してきた。現役の騎士にも劣らない精度だった。

底が見えない。先ほど散々斬り合ったというのに、見たところ体力も大して消耗していない様子だ。

最小限の動きで、最大限の力を。

それに気になるのはそこだけじゃない。

「……《防壁の譜面》に《強化の譜面》。編入試験のときも同じ条件下で教官と戦ったのか？」

「まあ、だいたいはね」

「なら今朝話してた『五十二秒』ってのは……」

「もちろん、術を発動する時間も含めてだよ」

当たり前でしょ、とでも言いたげなモニカに対し、アルギュロスは動揺が顔に出ないよう強張《こわば》らせながら、ただただ愕然とするしかなかった。

ふたつの神奏術を発動する時間がそれぞれ十秒と少し。控えめに見積もって計二十秒かかるとしても、そこから戦闘を開始して教官を打ち負かすまでの時間は……たったの三十二秒。

……〝ディソナンス〟や外道士を相手にしている現役の騎士を、三十二秒で？

もはや模擬戦が始まる前にアルギュロスが感じていた侮りは、彼方《かなた》へと消《き》え失《う》せていた。

「……俺はお前がわからない」

「ならもっとやろう。僕らは最初から、そのために戦ってるんだから」

モニカは最初から今に至るまで微笑《ほほえ》みを崩そうとしない。まるでアルギュロスを推し量るように、はるか高みから彼を見下ろしている。

アルギュロスよりも自分の方が優れていると、モニカの振る舞いはそう語っていた。

そうなればアルギュロスの中で巡る思考はただ一つ。

（その高慢を――――叩き折ってやる）

沈黙の中、両者の間には火花が散っている。

先に踏み込むのはどちらか。相対するふたりの集中が最高潮に達したとき、

「……！」

虚を衝かれたモニカの表情から笑みが消え、慌てて後方へ跳躍。

直後に彼女が立っていた真下の地面に亀裂が走り、そこから無数の荊棘《けいきょく》が伸びるとモニカを追尾し始める。

「黙っていればさっきから……！　このわたくしを無視すんじゃねえですわッ！」

そう叫んだヘリオローズの憤慨と連動するように、一箇所だけに留《とど》まらず荊棘は次々と大地を突き破ってモニカを包囲していった。

「なにこれ……ヘリオローズがやってるの？」

「アーハッハッハ！　驚きましたか慄《おのの》きましたか⁉　無演奏による《薔薇《ばら》の譜面》、とくと味わいなさい！　ですわ！」

「相変わらず後処理が面倒そうな術だな」

無演奏——本来笛によって行う《譜面》の演奏を術者の脳内で完結させる技。自らの発する音色ともたらされる加護のイメージを明確に両立させなければ成り立たない高等技術だ。おそらく使える《譜面》は限られるだろうが、ヘリオローズは一年生の身でそれが可能らしい。

「これでチェックメイトですわ！」

モニカの逃げ場を無くした後、先の防壁よろしくドーム状に展開された荊棘の壁は彼女を圧殺《あっさつ》せんばかりに縮んでいく。

「単発技法《エネルジコサークル》！」

しかしその包囲網はモニカの繰り出した回転斬りによって瞬《また》く間に放散してしまった。

「……え⁉」

「なかなか厄介な術だね。先に落とすとしよう！」

そう言って地面を蹴り、モニカは稲妻のような鋭さでヘリオローズのもとへと斬り込んでいく。

「ちょっ……！　ちょちょちょちょちょちょちょ——っ⁉　こっち来んなァ！」

「まずい……っ」

慌ててモニカを追うアルギュロスだったがどういうわけかまったく追いつけず、一方的に彼女から引き離されてしまった。

「このっ！」

自分の身を守るため、ヘリオローズは絶えず地面から強靱《きょうじん》な荊棘を射出してモニカの迎撃を図る。

「ふっ――――！」

だが対するモニカは器用に全身を捻《ひね》り、回避を交えながら悉《ことごと》くそれらを斬り捨てて突き進んだ。

気がつけばモニカはヘリオローズの眼前まで肉薄し、いつでも彼女の首を取れる体勢に入っている。

「ほいっ」

「んぎゃっ！」

そして流れるように背後へ回ると、剣の柄を用いてヘリオローズの首筋へ適度な打撃を打ち込み気絶させるのだった。

足元で目を回しているヘリオローズからアルギュロスへと視線を移し、どこか真剣な面持ちでモニカは口を開く。

「これは君の失態だよアル。神奏術士《しんそうじゅつし》は対人戦で真っ先に狙われることも多いんだから、ちゃんとフォローしてあげないと。……実戦ならここで終わりだよ？」

「…………ッ！」

間髪入れずに接近したアルギュロスの剣がモニカの胴に迫る。

モニカが避けられないタイミングで放たれたそれを刃で受けて駆け出すと、今度は引き離されることなくアルギュロスが食いついてきた。

そのままフィールドを疾駆しながら、両者ともに一歩も譲らない攻防を展開する。

「さっきより数段速くなってる……！　お前、無演奏で何か術を発動してるな⁉」

「当たり！《加速の譜面》をね！　習得するのに苦労したん――――だっ！」

全身の力を乗せて振るわれた斬撃が飛び、寸前で避けたアルギュロスのこめかみを冷たい風が撫《な》でる。

完成度の高い剣術だけでなく、神奏術――それもイメージを構築することが難しい肉体強化系の術を無演奏で発動するとは。

どう考えても尋常ではない。そんな芸当、相当に戦い慣れた人間でなければ不可能だ。

「――上等！」

一気に勝負を決めるため、アルギュロスは力強く前へと踏み出す。

――認めるしかない。目の前にいる少女が自分より優れていることは疑いようのない事実だ。だがそれは諦める理由にはならない。

モニカがこの場の誰より強いのなら、今ここで彼女を目標と定め、打ち破ってみせよう。

「十五連技法！」

「……！」

アルギュロスが技の構えに入った瞬間、モニカの顔が驚愕《きょうがく》に染まる。

当然だ。学院で習うことはない、それどころか今から放つこの剣技を使えるのは国中を探してもアルギュロスただひとりだ。

何故《なぜ》ならこれはアルギュロス自身が編み出した秘技。カウンターを放つタイミングも読めず、回避も許されない状況となれば直撃は免《まぬが》れない。

まずは初撃。

銀色の刃が薙《な》ぎ、モニカの体を確実に捉え――――

「極限技法」

「……は？」

次の瞬間、地に伏していたのはアルギュロスの方だった。

耳鳴りがひどい。頭から足の先まで痛みに支配されており、まるで立ち上がれない。

「僕の勝ち」

うつ伏せのまま眼球だけを動かして上を見ると、そこにはモニカの子犬のような笑顔があった。

何をされたのかわからない。混乱する脳を叩《たた》き起《お》こし、アルギュロスは直前の記憶を引きずり出す。

――斬撃だ。

いくつあったかも判断できない、無数の斬撃が一息の間にアルギュロスを襲った。

神奏術なのか、剣技なのか、それすらもわからない。理解できない。何もかもが。

「あー、いたたた……ちょっと加減間違えたな。反動で腕が……」

「……い」

「折れてはいないよね……？　動きに支障は――っつ！　イッタ！　やっちゃったなこれ……！」

「おい！」

何やら肩を回したり肘を曲げ伸ばししているモニカの背中へアルギュロスは呼びかける。

「ん？」と振り返った彼女は右手をヒラヒラさせながら、横たわっているアルギュロスと視線を交差させた。

「お前……一体何なんだ？」

素朴な疑問だった。

モニカは笑顔を保ったまま、それでいて引き締まった表情へと変わり、握っていた笛のような剣を鞘《さや》へ納めながら返答する。

「自己紹介は済ませたはずだけどね。けど何度でも名乗るよ。僕の名前が君たちに刻み込まれるまで」

アルギュロスが瞬《まばた》きをして次に目を開いたときには、そこに無邪気な少女の姿はなかった。

もっと気高く、力強い――――騎士然とした存在があった。

「僕はモニカ＝グランテッド。……いずれ最強の騎士になる人間だよ」

第二楽章　雑音の獣

不思議な感覚だった。

明かりが落とされた劇場の真ん中で、自分はひとり座席に腰かけている。

舞台の上に見えるのは歌劇の類ではなく、ぼんやりと浮かんでいる映像。映写機なんかどこにもないはずなのに、幻のようなそれはただ一人の観客に向けて淡々と流れ続けている。

『あら、もうその曲が演奏できるようになったの？』

『将来はすごい神奏術士になるね！』

見知らぬ大人と子どもたち。

しばらく眺めていて、それがようやくどこかの孤児院の日常風景であることが理解できた。

そして不意に思い出す。以前も同じこの劇場で、似たような映像を見たことがあると。

――――。

映像が切り替わる。今度は初めて見るものだ。

今度は先ほどよりもずっと曖昧な、紙芝居のような景色。……人形劇だろうか？

剣を手にした青年が、たった独りで次々と現れる悪党を斬り捨てていくという、どこか童話じみた映像だった。

少しずつ意識がはっきりしてきて、それは自分自身であることに気づく。

やがてこの場に映し出されているものは、すべて彼女の中にあったものだと――――

『――私が本当に、なりたいのは』


「………………………」

真っ暗闇の中で目を覚ますと、白い天井が視線の先に見えた。

二段ベッドの上段。頭を打たないよう慎重に上体を起こし、モニカ＝グランテッドは寝間着姿の自分を見下ろす。

小さくて細い、少女の手のひらがそこにあった。

「……君の望みを、僕は叶《かな》えられているかな？」

覚めてしまった目を軽く擦り、モニカは梯子《はしご》を伝って床へ降り立つ。

「ん……ダレンさまぁ……。わたくしはいつか……貴方《あなた》の隣に…………」

下段のベッドでルームメイトであるヘリオローズが熟睡していることを確認した後、モニカはおもむろに窓際《まどぎわ》へ歩み寄る。

「君に助けられてから、もう一年過ぎたんだってさ。早いものだよね」

深い吐息と一緒に、モニカは窓の向こう側へそんな言葉を放り投げた。

あの時も、こんな月の見えない夜だった。


「…………！」

世界の終焉《しゅうえん》を招く災厄、〝ディザストロ〟を葬《ほうむ》ったあの日からどれだけの時間が流れたのか。騎士ダレンが次に目覚めた場所は、比較的『セーニョ』区域に近い『ポダッカ』南部の寂れた治療院だった。

柔らかなベッドから体を起こし、軽く肩を回してみる。

どこかぎこちなさのある妙な感覚だが、技の反動でもはや治療の施しようがないほど壊れてしまっていた右半身は綺麗《きれい》に完治しているようで、痛みはもう感じなかった。意識もはっきりしている。

「一体なにが――――」

しかしふと声が漏れた瞬間、猛烈な違和感に襲われる。

……高い。後遺症で声帯に変化が起こったのか、明らかに声が高い。自分のものではないみたいだ。

おそるおそる喉元へ手を伸ばそうとするも、途中で何か柔らかいものに阻《はば》まれる。

「……え？」

胸元から伝わる奇妙な弾力。

男であるダレンにはありえない感触の正体を理解したそのとき、自分が夢の最中にいる可能性を一考した。

「なんっ、な……なに、これ……」

眼下にあったのは、手のひらから少しだけ溢《あふ》れるくらいの膨らみ。

男性であるはずのダレンには似つかわしくない――というかあり得ない。

何かの間違いだと思いたかったが、どれだけ確かめてもその柔らかな塊は自分の肉体の一部であるという事実は揺るがなかった。

「まさか……!?」

ベッドの上から降り、勢いよく個室を飛び出したダレンはどこか鏡のある場所を探す。

途中で治療院の職員らしき人間たちと幾度かすれ違いつつダレンがたどり着いたのは通

路に並んで設置されていた洗面台。

その壁に取り付けられた鏡を覗《のぞ》いて現れたのは当然ダレン自身の顔――ではなかった。

「この子は…………！」

鏡の中に顔を出したのは、見覚えのある少女だった。

透き通るような金髪が小さな体に存在感を持たせ、ひときわ印象に残る吸い込まれそうなほどの大きな瞳が顔に整列している。

忘れるはずがない。

ディザストロとの戦いを終え、瀕死《ひんし》の重体に陥っていたダレンの目の前に現れた女の子。

信じ難《がた》いことであるが、どうやらダレンの意識は今彼女の肉体の中にあるのだと強引に飲み込んだ。

「けどどうして……」

意識が戻ってから数日。治療院の職員や保護者らしき人物とも会話を交わし、その中でいくつかわかったこともあった。

ダレンの意思を宿したこの体の持ち主の名はモニカ＝グランテッド。幼い頃に両親を亡《な》くしたことで長らく『ポダッカ』辺境の孤児院に身を寄せていたらしい。

……技の反動で死を迎えるはずだったダレンが、どうしてその少女の体を得て生き延びているのか。彼女自身のことを知れば何かがわかると考え、ダレンは「モニカ」が記していたとされる日誌を孤児院の人間に持ってきてもらい、一通り目を通してみた。

『私でも扱える剣を考えた。実現するにはそれなりに強度のある笛が必要になる。かなり値は張るけど、ソナーレ社の物が好ましい。』

『以前から行っていた基礎訓練が功を成したのか、二連撃まではなんとか身につけられそう。試験に間に合うかは未知数だけど、やるしかない。並行して採譜の方も進めないといけない。』

『私はとても忙しいんだ。他の神奏術のことなんて考えている暇はない。』

『もうすぐ譜面は完成する。術士の知識を学んでいてよかったと、初めて思った。』

『剣は出来た。術を併用しながら戦える。吹奏剣《すいそうけん》と名付けることにした。』

『私は必ず最強の騎士になってみせる。』

日誌に書かれているのは本来のモニカ＝グランテッドが直筆した文章。しかし彼女の内面を想像するには少々情報が不足していた。

読み取れるのは彼女が少女の身でありながら騎士を志していたことと、神奏術で用いる何らかの《譜面》を作曲していたということのみ。

しかし日誌に挟まれていた楽譜を分析することで、おそらくは彼女が作曲したというその《譜面》によって今の状況が出来上がったのだと予想はできた。

その《譜面》に記されていた音の連なりは、ディザストロを倒した直後のダレンが意識を失う前に聴いた音色と全く同じものだったのだ。

言うなれば対象の魂だけを別の肉体に移し替える神奏術、ということだろうか。ともかくダレンはこの「モニカ」という少女に魂だけ救われたらしい。

肉体の記憶とでも言うべきか。それ以来、時折夢の中に彼女の体験したことがよぎるようになった。

しかしそうなると浮かんでくる疑問がある。……本来の「モニカ」の魂は一体どうなった？

まさかダレンの命と引き換えに消滅してしまった？

彼女との意思疎通はできる気配がない。となればこの先、ダレンが「モニカ」として生きていくことに――――

『私は必ず最強の騎士になってみせる。』

思い悩んでいる最中、ふと日誌の一文がダレンの頭に浮かんだ。

「本来のモニカ」が誰に知られることもなく、自らの心に刻み込むようにして書いた決意。

ダレンにはその言葉が、他の文章よりも際立《きわだ》って輝いているように思えた。

（……僕はあのとき、あの場所で……命を落とすはずだった）

それなのに自分は今こうして生きている。ひとりの少女が生み出した神奏術のおかげで。

ダレンが息絶える寸前に「モニカ」が居合わせた理由はわからない。けれど彼女がいたからこそ、騎士ダレンの意思は途絶えることなく再び剣を振るうことができる。

自分はこれからどのように生きるべきなのか。結論を出すのにそう時間はかからなかった。

（モニカから貰《もら》ったこの命は、彼女のために使う。彼女が目指した〝最強の騎士〟の名に……モニカ＝グランテッドを刻み込むんだ）

本来の「モニカ」が再び目覚めるときがくるのかはまだわからない。

だがもしも、体を返すそのときがくるのだとしたら——その瞬間まで、自分のやれることをする。

力を持った人間として、今できる精一杯を尽くすのだ。

●

トーンハウス学院が保有する生徒寮は商業都市『ドリアン』の中枢から外れた位置にある。

神奏学科寮と騎士学科寮は隣接して建てられているが同じ敷地《しきち》内にはなく、双方の棟は庭を挟んで容易には越えられないほど背が高く堅牢《けんろう》なフェンスで囲まれている。

「んっ……くぅ～！」

早朝。女子寮――もとい神奏学科寮の広大な庭で大きく体を伸ばしたモニカは、そのまま後ろへ体重をかけて柔らかな芝生へと寝転んだ。

「張り切って始めたことだけど、すっごく疲れるな～これ……」

登校初日のことを思い返しながらモニカは呟《つぶや》く。

学院に着いてすぐに顔合わせしたルームメイトのヘリオローズには初っ端《しょばな》から嫌われているようだし、騎士学科でも変に目立ってしまっている。今後のことを考えると状況はあまり芳《かんば》しくない。

モニカの体でこの学院の騎士学科に入学すると決めたときから、最初は周囲から侮《あなど》られないように強気な態度で振る舞おうと思っていたが、少々やりすぎたかもしれない。

いや、「舐《な》められないように」という目論見《もくろみ》自体は成功したようだが、クラスメイトから余計に距離をとられる事態は避けなければなるまい。

せっかく学院生活を送るんだ。〝最強の騎士〟という目標はともかく、普段はできるだけ明るく楽しく生活したい。

「アルにもちょっと意地悪しすぎたからな～……。今度は僕がご馳走《ちそう》してあげよう。……それとも何か手料理でも作ってみようか？」

「アルギュロスくんがどうかしたの？」

「ん～……彼の好きな食べ物なんだろな～って――――おわっ⁉」

大地を背にしたモニカを上から覗き込んだのは、さらりと流れる空色の髪を左側で可愛《かわい》らしく結った女の子。

飛び起きて振り返ると、何やらバスケットを手に提げて神奏学科の純白の制服を着用しているのが見える。

「君は確か………」

少々特徴に欠ける印象の彼女を頭から足先まで観察した後、思い出したようにモニカは手を叩《たた》いた。

「フィーネ＝ピカロさん。おはよう」

「おはよう。わたしのこと知ってるの？」

「ヘリオローズのお友達でしょ？」

「あははっ、そっか。あなたルームメイトだもんね。これからリオちゃんがお世話になります」

「あっ、いえいえこちらこそ」

ぺこりと腰を曲げてみせたフィーネに思わずモニカも頭を下げて返す。

「……腕、大丈夫？ 怪我《けが》したの？」

「ああ、これ？ この前の合同演習でちょっとね」

首を傾けるフィーネにモニカが右腕を掲げて見せる。

肘から先は医療用のギプスで固定されており、とてもじゃないが剣を振れる状態ではなさそうだ。

「そうだったんだ……。でもどうして？ あの時のモニカちゃん、アルギュロスくんたちも歯が立たなかったように見えたけど……？」

「ううん、これ僕が使う剣技のせいなんだ。力みすぎると骨折しちゃうの」

「ええっ？」

「今回はヒビが入った程度で済んだけどね。気をつけないとなぁ」

「そ、そんな危ない技もあるんだね……。騎士のことはよくわからないけど」

口を開けたまましばらく呆然《ぼうぜん》と立ち尽くしていたフィーネだが、ハッと何かを思い出したのか手にしていたバスケットに被《かぶ》せてあったカバーを取り去る。

「朝ごはんまだじゃない？　一緒に食べようよ」

中に詰まっていたのは、これでもかというほどそれぞれに豊富な具材を挟んだサンドイッチたち。

「……いいね！」

「あははっ」

その光景を見てすぐに腹の虫が鳴り出したモニカと並んで芝生に座りつつ、フィーネは同じように携帯していた水筒の水をカップへ注いだ。

「――じゃあヘリオローズは、ダレンに憧れて神奏術《しんそうじゅつ》士《し》を目指してるの？」

「うん。今でもたまに目をキラキラさせて話してるよ」

フィーネが持ってきたサンドイッチが底をつく頃、二人はモニカの知らない、同級生たちの話題で盛り上がっていた。

「『ダレン様の隣に立てるような術士になるんですの～』って。でもわたしが『じゃあ近接戦闘もできるようにならなきゃだね』って言うと黙り込んじゃうの。かわいいよね」

「……前から思ってたけどさ、どうしてダレン『様』なの？」

「え？」

フィーネの話を聞いてむず痒《がゆ》くなったモニカが頬を赤くしながら眉を下げる。

ヘリオローズがダレンに憧れを抱いていることは以前から何となくわかっていた。慕ってくれるのは嬉《うれ》しいが、それにしても様付けで呼ぶなんて崇拝されているようで少し恥ずかしい。

「いやさ、どうして騎士ダレンにそこまで憧れを抱くのかなって。あまり彼を意識したことないから、少し気になって」

「……びっくり。騎士学科であの人を好きじゃない子なんていないるんだね」

「あ、いや好きじゃない……というか、彼を尊敬する理由が純粋に気になるって感じなんだけど……」

まさか自分がダレンその人だと話すわけにもいくまい。

表現に困り口ごもっていたモニカを横目に、フィーネは顎へ指先を添えながら返す。

「うーん……かっこいいから？」

「……かっこいい？　ヘリオローズは彼に会ったことあるの？」

「ないんじゃないかな」

「でしょ？」

「でもあの人に限っては話を聞いてるだけでも凄《すご》さは伝わっちゃうからね。パートナーの術士も連れずに国中を巡って人助けをしてるみんなのヒーロー。去年はどれだけ歴史を辿《たど》ってても例がないような災厄級のディソナンスをひとりで倒して正真正銘の英雄になっちゃったし。リオちゃん、そういう大きなスケールのものが好きだから」

「大げさに言うなぁ」

「大げさなことを実現しちゃう人だからね、騎士ダレンは。そんな人の隣に並び立てる神奏術士なら、きっとその人も同じくらい凄い。リオちゃんが憧れるのもおかしくないよ」

そう言って水が入っているカップに口をつけたフィーネの横顔を一瞥《いちべつ》し、モニカは思う。

――騎士ダレンは来る日も来る日も、漠然とした不安に追われて剣を振っていた。

彼は血液中に含まれる〝呼応力《こおうりょく》〟が常人よりも多く、覚醒によって底上げされる身体能力も普通の男性が発揮できるものと一線を画すという特異体質の持ち主であった。

自分に有り余る力があるのなら、それを誰かのために使わなければならない。

戦う力のない人々の代わりに、戦える自分が前に出る。それが自分の義務なのだと信じて疑わなかった。

国を脅《おびや》かすディソナンスを倒し、外道士を倒し、人々を救う。それはダレンという騎士にとって生きるために必要な行為であり、世界と繋《つな》がるためになくてはならない役割だったのだ。

——だって、そうしなければ生きている意味がない。

他者を思いやることで自分は辛《かろ》うじて存在することを許されている。ダレンは自分自身をそう評価していたから。

だから、他の誰かから見ればそれは英雄的な行動に見えると聞いて、驚くと同時に安心もした。

民が騎士ダレンに対してそれを求めているのなら、彼の生き方は正解だったと思えるから。

「……フィーネはどうなの？」

「え？」

「フィーネはどう思ってる？　その……ダレンのこと」

モニカの問いかけに対してきょとんとした顔を浮かべた後、フィーネは困ったように笑う。

「わたしは……自由でいいなって思う、かな」

「自由？　ダレンが？」

「うん。だって誰も追いつけないほどの強さだって聞くよ。他の誰にもできないことを……当たり前みたいにやってのけるのは、すごく気持ちがよさそうだなって思う」

「……それってどういう――」

モニカが言い終わる前にバスケットを持って立ち上がったフィーネは、軽くスカートを払いながら口を開いた。

「そろそろ支度しようか。リオちゃんも起こしに行かないと」

「う、うん……」

「そういえば最初の話だけど……アルギュロスくん、卵料理が好きって前に言ってた気がするなあ。お揃《そろ》いだね」

「あ、そうなんだ。本当、いろいろありがとうね。サンドイッチ美味《おい》しかったよ」

「どういたしまして」

一足先に寮へ戻っていくフィーネを見送りつつ、モニカはふと頭を捻《ひね》る。

「……『お揃い』？」

ひとりきりになった庭で発せられた疑問が風に溶けていく。

一拍遅れて、フィーネが作ってきたサンドイッチの具材がエッグペースト多めで構成されていたことに気がついた。


『少し用事があるから先に行くね』

そう言って一足早く学院へ登校したフィーネを見送り、一時間ほど経《た》った後モニカとヘリオローズも寮を出た。

リンゴのような、イチゴのような、薔薇《ばら》のような……いくらでも喩《たと》えが浮かぶ真っ赤な長髪をなびかせたヘリオローズは、今朝は見るからに不機嫌である。

常に唇を結んでむすっとしているし、眉間には薄いしわが見える。

正確には今朝はというより、モニカといるときはいつもこんな調子なのだが。

「ヘリオローズって朝は弱い方？」

「は？　最強ですことよ」

間を置かずに投げ返すヘリオローズだったが、実際のところ朝の身支度はほとんどフィーネの介添えに頼りっきりだった。

眠気も引きずっているのか、先ほどから何度も大口を開けてあくびを繰り返している。

そのせいか彼女は年齢よりもずっと幼い印象を漂わせているように思えた。

「そうなの。ずっと怖い顔してるからまだ眠いのかと」

「ンにぶちんですわねぇ……！　あなたが隣にいるのが嫌だからに決まっているでしょうに！」

「え…………………………………」

彼女の一言を受け、雷が落ちたような衝撃の表情で固まりながらモニカは肩を落とした。

「ちょっ……！　露骨に落ち込まないでくださいます⁉」

「だって……せっかくルームメイトなのに……。仲良くしたいって思ってたから……………」

「いや、そんな本気で……！　ただの決まり文句ですから！　もうっ、わたくしが悪かったですわ！　ほら、アメ舐《な》めます？　仲良くしましょう！」

「わあ、ありがとう」

「んぐぅー！　調子狂いますわぁー！」

「変わった味だね」

心の調律が乱れ奥歯を噛《か》むヘリオローズから貰《もら》った薔薇の風味のアメ玉を口内で転がしながら、モニカは再び彼女へ視線を流した。

「そういえば凄かったね、君の神奏術。無演奏であそこまで緻密なコントロールができるなんて、学生じゃなかなかいないよ」

模擬戦の際にヘリオローズが見せた荊棘《けいきょく》を操る神奏術のことを思い返す。

術の発動中は脳内で常にその曲を奏《かな》でていなければならない無演奏において、触手のようなものを自在に操作するといったイメージを並列して行うのは極めて難易度が高い。

ヘリオローズの慣れた感じからして、一般の神奏術とは何か異なるものかもしれないとモニカは踏んでいた。

「ふんっ、当然ですわ。《薔薇の譜面》はラプター家が〝内なる神〟を通して代々子孫へ伝えてきた秘曲。ラプター家の血を継ぐ女性であれば、物心ついたときからその旋律は魂に刻まれますの。別のことを考えながら頭で流すくらい造作もないことですわ」

「へえ、どうりで。珍しいね」

納得するようにモニカが頷《うなず》く。

秘曲……そう表現される《譜面》は決して多くはない。たった今ヘリオローズが語ったように、特定の家系において古来より相伝された曲を指す言葉だが、その強力な効能故か秘匿される傾向にあり、世間に知られているものは少ない。

だからこそ秘曲と呼ばれるのだろうが……。

「……ていうか、今の教えちゃってよかったの？」

「問題ありませんわ。《薔薇の譜面》は他者に加護を授けるような曲じゃありませんから、わざわざ笛を使った演奏をする必要もないですし、どのようなメロディなのか外部に漏れる心配はありませんの」

「なるほど」

先ほどに続いて首を振る。

奇跡を起こす術が〝音楽〟というかたちで日常に浸透しているこの世界において、情報統制は最重要事項のひとつである。

何せ女性であれば明確なイメージと《譜面》の演奏技術を身につけるだけでどんなに危険な術でも発動できてしまうのだから。

強力な神奏術を家系の象徴とする一方、保有する一族にはそれを外部に漏らさないよう管理する責任が伴うのだ。

騎士の扱う剣術もまた然り。

「……それよりあなたのことですの、モニカ＝グランテッド」

「モニカって呼んでよ。僕もフィーネみたいに『リオ』って呼んでいい？　ヘリオローズってのも長いし……」

「お・こ・と・わ・りしますわ！　わたくしを『リオ』と呼んでいいのは親友だけ！　フィーネだけですの！　図に乗らないでくださいまし！　騎士もどきの分際で！」

「お、おぅ……ごめんね……」

先ほどとは比較にならない剣幕で詰め寄ってきたヘリオローズから仰《の》け反《ぞ》りつつ、モニカは顔を引きつらせる。

アルギュロスは略称で呼ぶことを快く受け入れてくれたが、彼女はそうもいかないらしい。我の強い振る舞いを見るに、自分のパーソナルな部分への干渉には敏感なのだろうか。

こほん、と咳払《せきばら》いの後、気を取り直してヘリオローズはついさっき聞きそびれた質問をモニカへ投げかけた。

「──それで、あなたどこで剣を習ったんですの？」

「僕の剣技？　独学だよ」

「嘘《うそ》おっしゃい！　曲がりなりにもアルギュロス候補生とわたくしを打ち破ったのです。一体どれだけ名のある師匠に鍛えられてきましたの？」

「いや、誰かに教わったりはしてないよ。ぜんぶ見よう見まねで身につけたんだ」

「……バカにしてるんですの？」

「し、してないしてない！　本当だって！」

訝《いぶか》しむヘリオローズに対して必死に首を横へ振るモニカ。

実際ダレンであった頃、〝ディソナンス〟を狩り続ける孤独な旅の中でひたすら実戦を通じて戦い方を学んでいった彼は、当初まともに使える剣技はたった一つの我流の《技法》しかなかった。

政府の意向に縛られず自由に行動するためとはいえ、基礎を身につけずライセンスも取得しないまま独りで飛び出していったことは今思えば我ながら危険極まりない無鉄砲さであるが、その経験が英雄と称されるまでに至った実力に繋がっていることも事実である。

「……胡散臭《うさんくさ》いと思っていましたが、やっぱりなにか隠していますわね？」

「べつにそういうわけでも…………」

「いいですわ。剣術や神奏術にまつわる過度な詮索は品位に欠ける行為ですもの。気にしないでおいてさしあげます。……今のところは、ですけれど」

警告するように伝えてきたヘリオローズにボロボロの作り笑いで返しつつ、モニカは口の中で小さくなっていた薔薇のアメ玉を噛み砕《くだ》いて飲み込んだ。

今でこそ英雄として祭り上げられている騎士ダレンだが、彼がどのような人間で、どのような戦い方をしていたのかを把握している人物は非常に限られている。彼自身目立つことを良しとしなかったし、彼が本気を出す必要に迫られるような戦闘は殆《ほとん》ど表舞台では起こらなかったからだ。

どこからともなく現れ、困っている人を助けてくれる親愛なる民の味方——そんな彼を遠い存在、英雄へと押し上げた要因としては、やはり何と言っても一年前の〝ディザストロ侵攻〟を単騎で解決したことが考えられるだろう。

本来は秘密裏に葬《ほうむ》るべき脅威だったが、政府の戦力ではそれは叶《かな》わなかった。だからこそ正式なライセンスも所持していない者に「英雄」を担《にな》わせた。

尤《もっと》も、ただ目の前にある役割を果たすことに必死だっただけの本人に、その「英雄」たる自覚などないのだが。

「……そういえばフィーネから聞いたけど、君って〝騎士ダレン〟のこと」

「ダレン様がどうかしましたの？」

食い気味に相槌《あいづち》を打ってきたヘリオローズに対し、モニカはどこか恥ずかしそうにもごもごと口を動かして続ける。

「……その『様』ってのの、なんなのさ？」

「なにって、世界のダレン様ですわよ？　おかしなところでも？」

「いや、彼はそんな大層な人間じゃ――」

「はぁ~⁉　ちんちくりんがなーにをほざいてやがりますの。彼ほどの男性が大層じゃなければ何だと言うんですの？　認識を改めなさい、愚か者！」

「え~………」

「ダレン様の隣に立つことは全ての神奏術士《しんそうじゅつし》の憧れと言っても過言ではありませんわ！　きっと強いだけじゃなく優しくてカッコよくて上背があって端整な顔立ちで薔薇のような良《い》い香りがして、それから――――！」

「幻想濃いめ多めって感じだね……」

捲《まく》し立《た》てるヘリオローズに圧倒されたモニカは口をつぐんでしまう。

どうやらフィーネから聞いたヘリオローズによるダレン評に嘘はなかったらしい。鼻息を荒げて英雄を語る彼女の姿に一切の淀《よど》みが感じられない。

（……〝ダレン〟といえば）

逃げるようにヘリオローズから視線を外したそのとき、ふとモニカの中でひとりの少年の横顔が浮かび上がる。

「あれ？」

「ちょっと、聞いてますの？」

偶然にもその人物らしき後ろ姿が目に入り、モニカは咄嗟《とっさ》に駆け寄りながらその肩を叩《たた》いた。

「おはようアル！」

呼び止められた少年──アルギュロスは切れ味がありそうなつり目をモニカへ振り向けると、それを見るからに気怠《けだる》そうな眼差《まなざ》しへと変えて萎《しぼ》んだ声を発した。

「……はよ」

「元気ないね」

「朝弱いんだよ」

「いやいや、いつも早くから庭で素振りしてるじゃない」

モニカがそう返してすぐ、アルギュロスはわかりやすく狼狽《うろた》えるように固まった。

今朝も偶然神奏学科寮の窓から隣の敷地《しきち》で鍛錬を行っている彼を目撃してしまっていた。

そのときのアルギュロスを見れば朝が弱いだなんて思えないだろう。

「なんでもいいが、今日は早くから仕事を任されてるんだ。急がせてもらうぞ」

「え？　あ、ちょっと！　歩くの速っ！」

逃げるようにその場を去るアルギュロスをぽかんとした顔で見送ったモニカの横で、へリオローズは何やら面白がるようににやにやと口元を緩ませていた。

「アハ～、あれはだいぶ効いているようですわね～」

「効いて……どういうこと？」

「あなたとの模擬戦が、ですの。入学してからアルギュロス候補生があそこまでこっぴどく完敗したのは初めてでしたから。プライドをズタズタにされて色々と気まずいのでしょう」

「あちゃー……やっぱそういう感じかぁ。……ヘリオローズは大丈夫なの？」

「わたくしは負けてなどいませんので」

「負けたじゃん」

「油断してただけですの」

「でも負けたでしょ」

「負けてない」

断固として首を横に振るヘリオローズに当惑しつつ、モニカは行き場を失った手で頬をかいた。

思えば初めて登校したあの日に学院の施設を案内してもらって以降、アルギュロスとまともな会話を交わしていない気がする。

彼とは個人的に話したいことがあるので、多少強引にでも距離を縮めたいが……。

「それにしても『仕事』ってなんだろう。フィーネもそうだけど、今日はなんか早めに登校する生徒が多かった気がするし」

「イベントの手伝いでしょう。アルギュロス候補生は監督生として……フィーネもまあ、普段から進んで雑用をやりたがる子ですし、教官から設営のお手伝いとかを頼まれたのだと思いますわ」

「イベントって……ああそうか、今日は午後から……」

頭から抜けていたスケジュールを思い出し、モニカが小さく手のひらを打った。

●

午前のカリキュラムを終えたその日の午後。トーンハウス学院は普段以上の溢《あふ》れ返るような活気に包まれていた。

紅と白の制服だけでなく、幼年学校の制服を着た少年少女や私服姿の若者も多く敷地内に確認できる。

最近編入してきたモニカはすっかり忘れていたが、本日は前々から学院側が準備していた来年度入学希望者のための公開体験入学会の日である。

国で二つしかない騎士と術士の養成機関ということで、その見学に来ようとする人の入りはかなり多い。

「もうすぐ校庭にある特設会場で神奏学科の生徒による演奏会があります。ご覧になる方はこちらから外へ向かってください」

特設会場までの道順が記された看板を抱えながら見学者を誘導しているのは騎士学科一年の監督生であるアルギュロス。

第二棟に残っているお客さんがほぼほぼ外へ出て彼の手が空いたのを確認した後、すぐ近くの物陰で見守っていたモニカが駆け足で近づいてきた。

「やあやあお疲れさまアル。今朝から忙しそうだったね」

「………何の用だ？」

不愉快である素振りを隠すことなく突きつけてきたアルギュロスを見て貼り付けた笑顔がポロリと剝がれ落ちる。

引きつった口角はそのままに、モニカは布で包まれた弁当箱を見せながら口にした。

「お昼まででしょ？　一緒に食べようと思って」

「悪いがまだ仕事が残って――」

「ないよね？　ここで案内役する前に購買でパン買ってるの見たし。この後すぐ食べられるように持ってきたんだよね？」

「………白状する。お前と食べたくない」

「そ、そんなストレートに言わなくても……。少しだけだから、ね？」

そっぽを向こうがしつこく視界に入ろうとするモニカに浅いため息をつくアルギュロス。

「まあ、いいよ。俺もいろいろ聞きたいことがあったんだ」

「……！　なんでも聞いてよ！」

「近い」

観念した彼を連れて、落ち着ける場所を求めモニカは外を目指した。

生徒以外の人間で賑《にぎ》わいを見せる校庭の片隅にアルギュロスが腰を下ろしたのを見て、モニカはそのすぐ隣へ座る。しかしまたも距離感を誤ったのか、アルギュロスは戸惑いながらも何気ない風を装《よそお》って彼女からひとり分のスペースを空けて座り直した。

「ああ、そういえば………はいこれ」

「……なんだこれ」

一息つくや否《いな》やモニカは持参した物の包みをほどいて弁当箱を開けると、中にあった料理をアルギュロスに見せつけるようにして差し出した。

「オムレツ。好きだよね。初めて会ったときも食堂で頼んでたし」

「オムレツはこんな茶色くならねえんだよ……」

「なったけど……？」

「俺が間違ってるみたいな顔するな。……ま、俺が食うわけじゃないしどうでもいいが」

「え？　いやいや、アルに食べてもらうために今朝作ってきたんだ」

「……は⁉」

「右手あんまり動かせないからフィーネにも手伝ってもらったけどね」

「それでどうすればこの馬糞《ばふん》みたいなのが完成するんだよ」

「ええい四の五の言わず食べなさいや！　好き嫌いはよくないぞ！」

「いやオムレツはむしろ好きな方――っていうかこれはオムレツでもないし料理ですらねえ！　やめろ近づけるな！」

「オムレツだよ！」

「その自信は本当にどこから来るんだ！　そもそも自分の昼メシはどうしたんだよ⁉　一緒に食べるんじゃなかったのか⁉」

「あれは二人きりになる口実！　どうせお弁当箱ひとつ分じゃ足りないし後で食堂行くつもりだった！　ほら、あーん！」

「何もかもが話とちげぇ！」

なんとしても手料理を食べて欲しいモニカと身の危険を感じたアルギュロスの取っ組み合いは、最終的に後者が折れたことで決着がついた。

もそもそと息を殺してグロテスクな茶色の塊を口へと運ぶ彼を、モニカは満面の笑みで眺めている。

「おいしい?」

「お前はこれがおいしく食べてる顔に見えるのか? ……これちゃんと味見したのかよ?」

「してないよ。アルにはいちばん最初に食べてもらいたかったからね」

「お前が女じゃなかったら助走つけて殴ってたよ」

結局アルギュロスは三十分ほどかけてこの世の地獄を煮詰めたようなオムレツを完食していた。

懐《ふところ》から取り出した水をがぶ飲みしてしばらく項垂《うなだ》れたまま無言を貫いていた彼だったが、やがて横に置いていた自らの剣を掲げて問いかける。

「この剣について聞きたいんだろ」

普段アルギュロスの腰に納められている銀色の剣。よく見ればそれは他の騎士学科の生徒たちが所持しているような一般的に出回っているモデルとは異なる、どこかレトロな雰囲気を醸《かも》し出《だ》しているスマートなデザインだ。

顔を上げた彼は前方に広がる校庭を見つめながら、脱力したような声で語り出した。

「これは小さい頃、命の恩人からもらった剣なんだ」

「……恩人」

アルギュロスの言葉を噛《か》み締《し》めるように、モニカは彼の言葉を復唱する。

合同演習で目に留まってからずっと気になっていた。

アルギュロスの言う「恩人」が誰を指しているのか、モニカにはすぐにわかった。——何故《なぜ》なら彼が持っている銀の剣は、かつて騎士ダレンが愛用していたものに他ならなかったから。

この剣を手放したときのことはよく覚えている。今から辿《たど》れば十年以上前になるのか。外道士集団の襲撃に遭っていた観光の一団を救ったことがあった。その際にひどく怯《おび》えてしまった子どもを見つけて、心的外傷《トラウマ》が残らないよう少しでも励みになればと自分の剣を御守《おまも》り代わりに渡したのだった。

そのときの子どもがアルギュロスなのだろう。随分とたくましく成長したので確信を得るのに時間がかかったが、彼の話を聞くとやはり間違いない。

「俺はこの剣の支えがあったからこれまで生きてこられた。騎士を志したのも、この剣に恥じない……似合う人間になりたいと思ったからだ」

そう語る横顔に、かつての無力な少年の面影はなかった。

他者を救うための力。特異体質を備えた自分は、それを振るうためだけの存在だと騎士ダレンは思っていた。

だから――その力を使い、誰かを助けた先に新しい意志が生まれるなんてことまでは、今の今まで考えたこともなかった。

アルギュロスというこの少年は、騎士ダレンが存在した証《あかし》そのもの。

この世界で胸を張って生き続けるために、必死に剣を振るだけのモノクロな毎日に……今更、鮮やかな色が差した気がした。

「……それで監督生にまで上り詰めたんだ。すごいや」

「まあ、今は二番手に落ちたみたいだけどな」

「かっ……監督生に強さはあまり重要じゃないんじゃないかな。アルは僕なんかよりずっと優等生だよ」

少々含みのある視線を送ってきたアルギュロスにモニカは苦笑する。

剣を譲り受けたことで生まれた矜持《きょうじ》は、彼にとって生きる上での軸だったんだ。それがここに来て揺らいでしまう事態に遭遇し焦《あせ》っているのだろう。

野心に満ちたナイフのような瞳を受け止めつつ、今度は自分の番だと言わんばかりにモニカは自分の腰にあった笛のような剣に触れる。

「――これは吹奏剣《すいそうけん》っていって、形状からわかるように神奏術を発動しながらの戦闘を想定した武器なんだ」

日誌に残された内容――「本来のモニカ」が記していたことを思い出す。

彼女が考案した「女性のための剣」。実際に使ってみて気づいたが、実のところ本来の戦闘では男女で組むことを想定すると効率的とは言えない。戦い慣れた自分だからこそ真価を発揮できるものだった。

「なんて言ったらいいのかな……。アルと同じで、僕もこれは恩人が遺《のこ》したものを――」

「いや、その剣のことはもういい。それより今は……その右腕の方が気になる」

「え」

そう言ってアルギュロスが指したのはギプスが装着されたモニカの右手。

「……お前があのとき出したあの技、あれはなんだ？」

神妙な調子で尋ねてくるアルギュロスに対し、モニカはすぐに返答することができずにいた。

彼が言っているのは他でもない、合同演習の最後にモニカが繰り出した《技法》のことだろう。

「あ、あれはね……」

騎士の剣技は大きく分けて二種類存在する。

ひとつは古くから存在する、〃ディソナンス〃の心臓を破壊するために〃剣祖〃バハト＝ボルテが開発した一から十連撃まである《ボルテ流》の技。

もうひとつは対人用等に様々な騎士たちの手によって作られた、その他の比較的新しい技。

そしてモニカの怪我《けが》の原因となった《極限技法》は、そのどちらにも当てはまらない。

《極限技法》とは〃内なる神〃の加護――すなわち女性が扱う神奏術に頼ることなく奇跡を起こす、ヒトの力だけでヒトの域を超えた御業《みわざ》を表すものだ。

他の騎士学科の生徒よりも体が出来ていないモニカが使うそれは《強化の譜面》による補強がなければ役に立たないため、厳密には違うものと呼べるかもしれないが、かつての騎士ダレンが単騎で国の英雄とまで呼ばれるようになったのはこの《極限技法》の存在が大きいだろう。

中には心臓を狙うまでもなく〃ディソナンス〃の体を木っ端微塵《こっぱみじん》に消し飛ばせるほど強

力な技もあるが、その反面使い手は極端に少ないとされている。

現代で他に扱える人間が、果たしてどれだけ居ようか。

候補生が使う技としては不釣り合いが過ぎる。正直に答えるのはやめた方がいいだろう。

「……なんか頑張ったらできた」

「ふざけんな。はっきり聞こえたぞ《極限技法》って」

「…………」

「誤魔化せると思ってたのかよ」

アルギュロスの呆《あき》れた眼差《まなざ》しがちくちくと肌に刺さる中、モニカは必死に思考を回転させて言い訳を探る。

神奏術に頼ってしまっては《極限技法》とは言えない。だから自分が使ったのは厳密には《極限技法》を擬似的に再現した剣技であって……。

いや、それでは彼は納得しないだろう。

「かの英雄ダレンは一息の間に千の斬撃を繰り出す《技法》を使うって聞いたことがある。……噂《うわさ》よりもずっと控えめだが、あのとき受けた感じはそれにそっくりだ。通常の剣技じゃ考えられない速度だった」

「え、えーっと………」

核心を突かれ、やがてだらだらと冷たい汗を流し始めたモニカから目線を外しつつ、アルギュロスは小さく口を開いた。

「……まあ、言いたくないなら無理には聞かねえよ」

「え？」

「だがこれだけは覚えておけ」

向き直り、正面からモニカの瞳を射抜いたアルギュロスは、熱のこもった声で続けた。

「誰よりも優秀な成績を収めて、将来〝最強の騎士〟になるのは……俺だ。今はまだ難しいが、いずれお前も飛び越えて先へ進んでみせる」

「……へえ」

突き抜けるような決意を叩《たた》きつけられ、自然とモニカの口元も引き締まる。

「望むところ」

勝ち気な微笑《ほほえ》みを浮かべながら返したモニカにつられ、アルギュロスの表情もふっと綻んだ。

本心を吐露したことで吹っ切れたのか、彼がモニカを見つめる眼差しは出会い頭のそれよりもずっと澄み切っている。

目の前にいる少女は紛れもなく自分と同じ騎士候補生なのだと、彼の瞳はそう語っているようだった。

めた。


「……！　フィーネ、どうかしましたの？」

トーンハウス学院の敷地《しきち》内にある広々とした平地。

その真ん中に設置された特設会場周辺で演奏会の準備に取り組んでいたヘリオローズだったが、不意に肩へもたれかかってきた親友に驚き、笛の音出しに勤《いそ》しんでいた指先を止めた。

「あ……ごめんね、リオちゃん……。なんだかぼーっとしちゃって…………」

「ぼーっとって――――あっつい⁉　めちゃくちゃ熱いですわよあなた⁉」

何気なくフィーネの額を手のひらで触れたヘリオローズが一驚する。

明らかに平熱とは思えない体温を帯びていたフィーネを胸元へ抱き寄せつつ、ヘリオローズは慌てて焦点の合っていない目をした彼女の二の腕をさすった。

「大丈夫？　具合が悪いんですの……？」

「ちょっとキツいかも……」

アレルギー反応でも起きたのかと思うほど徐々に息を荒げていくフィーネの様子にヘリ

オローズも血相を変える。

「教官、急病者ですわ！」

「……ピカロさん？　大変！　早く医務室に……！」

「わたくしが連れて行きますわ。教官はこのまま皆さんの指揮をおとりください。──フィーネ、わたくしがおぶりましょうか……？」

「あはは……ありがとう……。でも歩けないほどじゃないから大丈夫だよ」

教官や同級生たちの心配する声を背に、フィーネはヘリオローズの肩を借りながら定まらない足を前に出す。

「──なんだアレ？」

特設会場の方で小さなざわつきが広がる一方、モニカとアルギュロスが語らっていた芝生にも不穏などよめきが伝染していた。

思いがけず耳にした悲鳴のような声に反応してモニカとアルギュロスは同時に立ち上がる。

引力に引かれるように空を見上げている生徒や見学客の存在に気づき、遅れて顔を上げた二人は青空から飛来してくる黒点を視界に捉えた。

「……なんだ？」

風を切る音が近づいてくる。

上空から校庭に向けて落下してきたものの正体を察知した直後、血の気の引いた顔でモニカは叫んだ。

「──逃げろッ！」

警告が人々の耳へ届く前に大地に突き刺さった漆黒が轟音《ごうおん》とともに土埃《つちぼこり》を巻き上げ、日の光を鈍らせる。

どよめきが広がる中、土の煙幕から浮かび上がったのは──世界の雑音だった。


──────────！


「ひっ……！」

引き裂くような咆哮《ほうこう》を轟《とどろ》かせたのは全身を黒曜石のような外殻に覆われた獣。猪《いのしし》を連想させる巨大な牙を振り乱し、傍《かたわ》らで嗚咽《おえつ》を漏らした少女へ向けて踏み潰さんと迫る。

考えるまでもなくモニカとアルギュロスは走り出す。

「単発技法《ウノボルテ》！」

アルギュロスは剣を引き抜いて突き技を繰り出すと怪物の横っ腹へと着弾。大砲のような勢いを保ったまま突き抜け、奴《やつ》を芝生の上に大きく転倒させた。

「大丈夫？」

「はっ……はい……！」

「あっちへ逃げるんだ。急いで！」

黒い暴力が到達する寸前で少女を庇《かば》ったモニカは彼女の背中を押した後、アルギュロスに続くように腰の吹奏剣を左手で引き抜いた。

「──誰か教官たちを呼んでくれ！　……くそっ！　なんだってこんな所にディソナンスが出るんだよ⁉」

「猪型……〝ディンブラ〟か。対応する剣技は《二連技法》」

「わーってるよそんなの。心臓の位置は────」

「眉間、だね。……っ」

刃を収納しつつ吹奏剣を口の高さまで掲げてモニカは以前行った《防壁の譜面》を演奏しようとするも、右腕のギプスと痺《しび》れるような痛みに動きを制限され上手《うま》く定位置に固定できない。

「お前は黙って見てろ!」

「……! アル!」

瞬時に〝呼応力《こおうりょく》〟を覚醒させ、猪型のディソナンス——〝ディンブラ〟へと突貫するアルギュロス。

相変わらず疾風そのものであるかのような流麗な立ち回りでディンブラに側面から斬撃を与えていく。

ピアニシモ、ピアノ、フォルテ、フォルテシモ。例外を除いて通常四段階設けられているディソナンスの脅威度を表す指標の中で、ディンブラは最弱のピアニシモレート。あくまで相対的な評価であるため決して軽侮を抱くべきではないが、アルギュロスが敵《かな》わない相手ではないことも確か。

直線的で単純な突進をかわしつつ、的確に脚部を狙って奴の動きを鈍らせていく。

「三連技法……! 《トライアングルメドレ》!」

大地に大きな三角形を描くようなステップで移動しつつ、ディンブラの四足のうち三本へ鋭い横薙《な》ぎの刃を入れる。

だが奴の巨体は崩れない。

斬撃を刻み込んだ箇所はすぐ傷が塞がり、瞬《また》きの間に完治してしまう。

〝ディソナンス〟を葬《ほうむ》るには弱点である心臓を定められたリズムの《剣技》で叩くか、あるいは――再生する力が底をつく程の攻撃を浴びせて粉砕するしかない。

(なんだこいつ……通常のディンブラより再生が早い。動きを止められない……!)

知識の中にある〝ディンブラ〟よりも強力な個体であることを予感したアルギュロスに緊張が走る。

直後、〝ディンブラ〟の挙動が変わった。

「……!　なにっ……!?」

足元で立ち回るアルギュロスを意図的に吹き飛ばそうとするかのように、黒い巨体は器用に全身を回転させて烈風を発生させる。

それは通常確認されている〝ディンブラ〟には見られない、どこか人間味を帯びた行動だった。

「くお………っ!」

不意を突かれ、小石が水面を跳ねるように跳ね飛ばされたアルギュロスは校舎の壁に打ち付けられてようやく止まった。

「アル!」

モニカが声を発したことで〝ディンブラ〟のターゲットがアルギュロスから彼女へと変

わる。

ディソナンスには聴覚以外の五感が存在しないとされている。故に周囲の〝音〟を感知して状況を把握しており、特に〝音楽〟として成り立っているものには一層強い反応を示すという。

「っ……こっちだ！」

呑気《のんき》に《譜面》を奏《かな》でて術を発動する暇はない。

咄嗟《とっさ》に《加速の譜面》を無演奏で行いつつ、モニカは刃を伸ばした左手の吹奏剣《すいそうけん》で地面を叩き騒音を散らしながら人気のない方向へとディンブラの誘導を図った。

「こんなに鬼気迫るのも久しぶりだな……！」

いかなる状況でも戦闘を続行できるように、モニカはダレンであった頃から両利《き》きになるよう訓練を積んできた。

だがやはり左腕だけで剣を振った際に発揮される実力は本調子のときよりも劣る。

相手はディソナンスの中では最弱の位置にいるといっても、人間と比べてはるかに上位の生物であることは明らか。少しの油断も許されない。

「『モニカ』として最強の騎士になるために――ここでお前の好きにさせるわけにはいかない！」

校舎からかなりの距離を取ったことを確認しつつ、足腰にブレーキをかけてモニカは振り返る。

眼前に迫るのは機関車の如《ごと》き勢いで突っ込んでくる漆黒。

深く息を吸い、タイミングを見計らってモニカは全身の筋肉を奮い立たせた。

「単発技法──《ウノボルテ》！」

ギィン────！　とつんざくような金属音が辺りに拡散する。

ディンブラの突進を正面から受け止めた衝撃が剣の先から伝わり、痛みに表情を歪《ゆが》ませるモニカ。

間髪入れずに奴の眉間へ対応する剣技を叩《たた》き込む。

「二連技法《ドゥエボルテ》！」

「…………！　クソッ！」

が、しかし、ディンブラは活動停止することなく、再び金切り声を上げて巨軀《きょく》を振り回し始めた。

「焦《あせ》りすぎた……！」

奴から距離を取り、また走り出す。

ディソナンスを倒せる《技法》はその種によって定められており、心臓を狙う際必ずそれぞれに対応する技を放たなければ倒すことはできない。加えてそのときは心臓を通して体内で上手く音を反響させる必要もある。

繰り出す《技法》を間違えたり、心臓に直撃させたとしても音を響かせることができなければダメージは通らないのだ。

（落ち着け……っ、落ち着け…………！　今まで何度だってこいつらと戦ってきたじゃないか！）

ダレンであった頃は〝ディンブラ〟など、数秒あれば片をつけることができた。

……だが、今は？

〝呼応力〟も使えない、素の力も男性より劣るモニカの体で、この特異なディンブラを倒すことができるのか？

「……いや、やる！　それ以外の選択肢はない！」

そう啖呵《たんか》を切りながらディンブラの突進を回避するモニカであったが、いつの間にか建物の外壁に追い詰められている事実に目を剝《む》く。

やはりこの個体は普通じゃない。ただ音に反応して暴れているだけじゃなく、明確な意思を宿しているような違和感がある。

まるで人間みたいに。

死の気配に正面から立ち向かいながら、モニカは己の恐怖を握り潰すように吹奏剣を覆う左手に力を込めた。

「……！　薔薇《ばら》の香り――――」

鼻腔《びこう》をくすぐるその匂いが漂い始めたとき、モニカの中で張り詰めた感情が綻ぶのがわかった。

直後にモニカの目の前の地面を突き破って現れたのは――数えるのもバカらしくなる無数の荊棘《けいきょく》。

それ自体が生きているように集束し、モニカを貫こうと接近していたディンブラの巨体を搦《から》め捕る。

「……ヘリオローズ‼」

「アーッハッハッハ！　真打登場ですわぁー！」

ハッと上方向に視線を移すと、校舎のやたらと高い位置で腕を組んでいる赤髪の少女の姿があった。

「今だ………っ！」

大量の荊棘に縛られ、頭部を露出したまま身動きが取れないでいるディンブラへ肉薄。

《強化の譜面》は演奏しないまま手にしていた吹奏剣を振り被《かぶ》ったモニカは、狙うべきただ一点、奴の眉間にある心臓のみに意識を集中させて刃を一閃《いっせん》、二閃《にせん》させる。

「二連技法——《ドゥエボルテ》！」

カカァ——————————ン！　と甲高く心地のいい音色が鳴り響いた。

眉間に埋め込まれていた心臓《じゃくてん》が粉々に砕かれ、同時にディンブラの肉体は漆黒から一変。命を吹き込まれたかのように鮮やかな多色を走らせる。

やがて立体のステンドグラスと化した巨体までもが粉砕され、しんとした静寂がその場を満たし始めた。

「——見ましたわね見ましたわね!?　わたくしの見事なアシスト！　アハッ！　これでわかったでしょう！　合同演習でのあなたの勝利はただのま・ぐ・れ！　その気になれば今みたいに————」

「ありがとう！　助かった！」

「およ……っ!?」

地面へ降り立ち、鼻息を荒げながら胸を張るヘリオローズに感極まったモニカが抱きつく。

「すごいや、ヘリオローズ……！　本当に！　君は最高の神奏術士《しんそうじゅつし》だよ！」

「ひょえっ……!?　どどどどういたしまして……！　わかればいいんですの、わかれば

「…………っ」

自分の髪と同じくらいに顔面を真っ赤に染めたヘリオローズに背中を叩かれ、モニカはほっと安堵《あんど》の息を吐きながら彼女から離れるとディンブラの残骸へと目を移す。

倒した直後の破片には通常種のそれと何ら違いは見られない。

だが…………《防音の譜面》による結界で本来街には侵入してこないはずのディソナンスが、学院内の敷地《しきち》に現れるなんてやはりおかしい。

極め付けは戦闘中にアルギュロスとモニカを翻弄した、あの動き。

「――――あ⁉ なんだ、もう片付いたのか⁉」

少し遅れて駆けつけたアルギュロスに目立った外傷はなく、モニカは二度目の安堵のため息をついた。

「……て、ていうか、騒ぎを聞きつけてやって来ましたけれど……一体どうしてこんな事態になったんですの？」

未《いま》だ冷めきらない顔を手のひらで扇《あお》ぎながら、ヘリオローズはじっとディンブラの残骸を見つめているモニカの隣へ並ぶ。

「……わからない。急に空から現れて……」

「はぁ？　ディンブラに飛行能力なんてありませんの。見ればわかるでしょう」

「ああ。だから普通に考えれば、コイツが自分からここへやって来るなんてことはありえない。不可能なんだ」

同じく首を傾けるアルギュロスもまた、事の不自然さに疑問を抱いている様子だった。

「……とにかく教官に報告しないと」

「俺、行ってくる。モニカとヘリオローズは残骸を見ててくれ」

「わかった」

「命令すんじゃねえですのっ！」

来年度入学希望者のフレッシュな活気に満ち溢《あふ》れていた校庭が、沈むような静寂に包まれている。

今までにない、不穏な風が吹き抜けたような気がした。

第三楽章　別れの夢

トーンハウス学院の敷地内に現れたディンブラの一件は瞬《また》く間《ま》に街中へ広まり、人々の混乱を招いていた。

本来街へ侵入することはありえない〝ディソナンス〟の出現。それは『ドリアン』に配置されている騎士団《ギルド》が最大レベルの警戒態勢を敷くには十分な事態であった。

「では〝ディソナンス〟の対処法について。前期の授業の復習になりますが、対策講義を始めていきましょう」

今回の事件を受け、トーンハウス学院においてもそれぞれの学科で対〝ディソナンス〟における知識を反復する特別講義が開かれていた。

騎士学科一年生の教室。

教卓の前に立ったアルベルが顔を上げ、席についている生徒たちを見渡しながら口を開く。

「ではまず彼らについて、皆さんから簡単に説明してもらいましょう。わかる人は挙手を」

「「はいっ！」」

教官が言い終わるや否《いな》や食い気味に手を挙げた生徒は二人。アルギュロスとモニカだ。

上段、下段の席にそれぞれ座っていた両者は互いに対抗心を宿した瞳を向け、しばし続いた沈黙を同時に打ち破る。

「「──じゃんけん、ぽん！」」

「おわぁ!?」

「よっしゃァ！」

「アルちょっと後出ししなかった!?」

「してねえよ！」

「毎度毎度よくやる……」

モニカの隣の席で呆《あき》れ顔《がお》を浮かべるローグに続き、周囲の生徒たちも疲れたような目で二人を眺めている。

悔しげに歯を食いしばるモニカの後方で咳払《せきばら》いをしたアルギュロスは、姿勢を正しつつアルベルへ向けて先ほどの問いに対する回答を述べた。

「──〝ディソナンス〟は古くからこの国に生息している魔物の総称。いつ誕生し、どのように繁殖を行うのかは一切が不明。優れた聴覚を備え、音……特に〝音楽〟には異様なまでの反応を示します」

「とりあえずはそこまで。ありがとうございます、ハアト候補生」

頷《うなず》いたアルギュロスが着席したのを見届けた後、アルベルは手元の教本に目を落としつつ続ける。

「皆さんが既に学んでいるように、〝ディソナンス〟は個体によって脅威度が大きく異なります。今回現れた〝ディンブラ〟は通常であれば最弱のピアニシモレートですが……実際に対峙《たいじ》した者の証言を考慮すると、その厄介さはピアノレートに匹敵すると言ってもいいでしょう。――そうですね、グランテッド候補生」

「……！　はい」

視線を上げた教官へ応答した後、モニカは勢いのままにその場で立ち上がる。

「本来ディンブラが有する攻撃手段は直進方向への体当たりのみですが、今回僕らが戦った個体はそれに留《とど》まらず……意図的にアルギュロスや僕の不意を突くような動きを見せていました。奴《やつ》らにしては余りにも機転の利《き》いた戦い方だった」

「……馬鹿な。あり得るのか？　そんなことが」

「間違いないよ」

隣で一驚するローグを横目に、モニカ自身も未だ信じられないといった面持ちで口にする。

「……それで、これは僕の憶測に過ぎませんが…………今回の事件は、人間の手によって引き起こされたものである可能性が高いです」

「……モニカ？」

考え込むように俯《うつむ》いたモニカが告げたその言葉によって、教室中にどよめきの波紋が広がっていく。

彼女と同様にディンブラに立ち向かったアルギュロスですら思い至らなかったことであった。

「《防音の譜面》による結界がある以上、奴らが街に近づくことはない。もしそんな事態が起こったとしても、周辺を警備している騎士団から警報が届くはずです。……それすら無いとすれば、考えられる可能性は——」

「ストップ、そこまでで結構です。……不用意な発言は周囲の混乱を招きます。改めなさい、グランテッド候補生」

「…………すみません、軽率でした」

それを最後に着席したモニカの背中をアルギュロスが凝視する。

確かに校庭に現れたディンブラには不可解な挙動が多かった。しかし、それがどうして今回の事件を誰かが意図したものだと言えるのだろう。

街の外を警備している騎士や術士の目を欺くには、ディンブラの体は巨大すぎる。仮に何者かが手引きしたとして、明確な自我を持たない〝ディソナンス〟がバレないよう忍び足で街に侵入したとでも言うのか。面白くない冗談だ。

だがモニカは自分の考えにある程度の自信を抱いているように聞こえた。

彼女のことだ、教官がたしなめた以上の思慮があるに違いない。

「では再開します。次に〝ディソナンス〟の倒し方、つまり弱点である心臓の――」

事件を経て、普段よりも緊張感のある講義。

教官の声が流れていく中、アルギュロスの思考は別の方角へと歩み始めていた。


「人間の手によって引き起こされたものだって……どうしてそう思ったんだ？」

早足に通路を移動しながら、アルギュロスは隣を歩くモニカへ投げかける。

講義が終わり昼休みを迎えたモニカはまず食堂へ向かうかと思われたが、意外にもそれを通り過ぎ神奏学科の教室がある第一棟を目指しているようだった。

「アルもあのとき不思議に思ったでしょ？」

「そりゃ思ったさ。ディソナンスが街に現れるなんて前代未聞《ぜんだいみもん》だからな」

「それもそうだけど、ディンブラが見せた動きの方だよ。ほら、アル吹っ飛ばされたじゃん。ぐるぐるーってされたとき」

「久々に身の危険を覚えたな、あれは。……それがさっきの結論にどう繋《つな》がる？」

「その前に話しておきたい前提があるんだ。……いいかいアル、街にどうやって侵入したかはまず置いておこう。何よりも問題なのは奴がその上でトーンハウス学院の敷地内まで、辿り着いたってことだ」

「……あ――――」

背中に悪寒《おかん》が走るのを感じ、アルギュロスは息を詰まらせる。

実際問題〝ディンブラ〟が学院に姿を見せている以上、何らかの要因があって街へ侵入することになったという事実は動かない。

「いや……正確に言うのなら、」

モニカが気にしているのは奴が学院に来るまでの道のり。校庭へ移動している間も目撃者や騎士団への通報がなく、騒ぎのひとつも起こらなかったというのは余りにも不可解すぎる。

だからこそ、モニカが今の答えを導き出したのは必然だった。

「あのディンブラは街の外から来たんじゃない。最初から学院の中に潜んでたんだ。……それを誰かが操って、襲撃させた」

「っ……そんな、まさか！」

「あの人間的な動きも、裏で奴を動かしている存在がいたって考えれば納得がいく」

「いかねえよ！　モニカお前……自分がなに言ってるのかわかってんのか⁉」

そうまくし立てるアルギュロスは、普段の彼では考えられないほどの狼狽《ろうばい》を見せている。

「あらかじめ潜ませておいたディンブラを誰かが暴れさせたってんなら……このトーンハウス学院にいる誰かが犯人ってことだ！　ここにいる生徒か教師の誰かが犯罪者――〝外道士〟かもしれないってことだぞ⁉」

「しっ……声大きいって……！」

通路の中心で立ち止まったモニカとアルギュロスは周囲で怪訝《けげん》な眼差《まなざ》しを向けている生徒たちへ下手くそな愛想笑《あいそわら》いを返した後、歩く速度を上げて引き続き第一棟を目指した。

「落ち着きなよ。あの日は外からも色んなお客さんが来てたでしょ？　まだウチの生徒や先生がそうだって決まったわけじゃない」

「あ、ああ……そうだったな。……悪い、取り乱した」

「それに学校とは無関係の第三者が犯人って可能性も捨てきれない。『人がやった』って推理だけじゃまだ何とも言えないよ」

そう冷静に補足するモニカ自身も内心事態を受け止め切れていないのだろう。いつもの飄々《ひょうひょう》とした言動は見る影もなく、言葉の節々で震えていた。

「まずは情報を集めないと。……そのためには」


「――それで、わたくしたちのもとを訪ねたと？」

神奏学科の生徒が行き交う第一棟。その中央に設けられている広々とした中庭にヘリオローズとフィーネはいた。

さも当たり前であるかのようにフィーネの膝枕にあずかっているヘリオローズの顔色は見るからに悪く、載せられた氷嚢《ひょうのう》の下に見える表情は今にも胃の中のものを戻してしまいそうである。

「なにしてんの？」

「フッ……一流の術士は肉体の鍛錬も怠らないものですの」

「体術の練習、頑張りすぎてバテちゃったみたいなんだ」

「お前いっつも近接訓練サボってたじゃん。どういう風の吹き回しだよ？」

「この前モニカちゃんに負けたのがよっぽど悔しかったみたい」

「フィーネ！　余計なこと言わないでくださいます――うっぷ……」

「まあ……その気持ちは俺も身に沁《し》みてるが」

「えー、なんか嬉《うれ》しい。この調子でどんどん成長してくれたまえよ」

起き上がれない様子のヘリオローズの横に腰かけ、モニカとアルギュロスは早速本題へと切り込んだ。

「生物を操る神奏術はあるか、ですって？」

青い顔のまま横を向いたヘリオローズが聞き返す。

モニカの考える「ディンブラ襲撃事件」の全貌――それは何者かが神奏術を用いることで奴を操作したというものだった。

「ディンブラを操るカラクリがあるとすればそれしかない。神奏学科の君たちなら詳しいと思って」

「専門知識のない俺たちじゃお手上げなんだ。なにかそれっぽい術について知らないか？」

「そう言われても……。そんな都合のいい譜面なんてあったかかな？」

「そ・れ・よ・り・も。そんなことを知ってどうするって言うんですの？」

重そうに上体を起こしたヘリオローズが諭すような眼差しで言い放つ。

束《つか》の間《ま》の無言。やがてアルギュロスが「それは、」と言いかけたのを制止しつつ、

「――いえ、皆まで言わなくて結構。あなたたちの考えそうなことくらい手に取るようにわかりますわ。自分たちだけで犯人を見つけて、どうにかしよう～とか思っているのでしょう？」

「「…………」」

「そうれ見たこと。おバカですわどアホですわ。あまりの愚かさに蔑みの眼《め》不可避ですわ～」

「気になるのはわかるけど、候補生の出る幕じゃないよ。あまり出しゃばると先生たちに怒られちゃうよ？」

これまで一度もお互いにそのような意思を示したつもりはなかったが、モニカもアルギュロスも同じことを考えていたらしい。ぐうの音も出ないヘリオローズたちの正論を、二人はおとなしく並んで浴びた。

「……あのときディンブラに対処したのは俺たちだ」

「倒したのは僕だけどね」

「あ？」

「なーに言ってるんですの。二人ともわたくしがいなかったら今頃ぺしゃんこだったくせに。己の無力さを自覚しやがれですわ～」

「んだお前……八重歯切り落とすぞ……」

「お、また模擬戦やる？」

「まあまあまあ……！」

漂い始めた険悪なムードを払うように、フィーネは両手を振ってヘリオローズたちの間に入る。

「とにかく無茶だよ、二人だけで何とかしようだなんて。街の騎士団《ギルド》だって動いてるんだから、きっとすぐに解決するよ」

「……そんな悠長なこと言ってられるか」

「アル？」

不意に立ち上がったアルギュロスは他の三人へ背を向けると、話は終わりだと言わんばかりにその場から立ち去ろうとする。

「俺はこの学院の監督生のひとりとして…………前に出ないといけないんだから」

表情を見せないまま口にしたその言葉には、形容し難《がた》いほどの強い意志が宿っているようだった。

その光景を一生忘れることはないだろう。

私欲のために道を踏み外した者たちは、いつだって残酷な未来を押し付けようとする。

その日に遭遇した外道士たちもそうだった。奴《やつ》らは自分たちを追っていた騎士を仕留めるために、居合わせていたその騎士の家族を人質にしたのだ。

観光地へ向かう旅行中。〝ディソナンス〟への警戒に気を取られ、護衛を増やしたのが失敗だった。騎士の中に紛れていた外道士に子どもを捕らえられ、状況は絶望的。

もはや要求通りターゲットが首を差し出すしかないと思われたその時、稲妻のように颯《さっ》爽《そう》と彼は現れた。

当時はまだ名が知られていなかった騎士ダレン。彼は瞬《また》く間にその場にいた外道士たちを制圧すると、ひどく怯《おび》えていた人質の少年と目線を合わせて言った。

『僕がいる限り、君から何も奪わせやしない』

そう言われ彼の持っていた剣を託された瞬間に、少年――アルギュロス＝ハアトの騎士道は始まった。

奪われないための強さ。意思を貫き通す強さ。

自分の理想を叶《かな》えるため己に尽くし、我が道を切り拓《ひら》く強さを持つことこそが騎士の本懐だと感じたのだ。
あの瞬間から、アルギュロスの目指すものはただ一つ。
いついかなる時も悔しい思いをしないで済むように、
他の誰も追いつけない高みへ――〝最強〟へと上り詰めることが、彼が進む道の最終地点だった。

トーンハウス学院第三棟内にある図書館。

その蔵書の量から普段もそこそこ生徒の入りは多く、放課後を迎えても疎《まば》らに人影が確認できる。

「今更僕が言うのもなんだけど、あまり今回の件に入れ込みすぎない方がいい」

横長テーブルの端に座り、周りに神奏術の楽譜集を大量に積み上げたアルギュロスが険しい顔で手がかりになり得る《譜面》を探している中、モニカは隣でひっそりと言った。

「ここで無茶して成果をあげる必要なんかないよ。そんなことをしなくても、君は十分優秀な騎士候補生だ」

ヘリオローズたちの言うことは正しい。

外道士やディソナンスを相手にする騎士や術士は、それらに必ず対処できるという実力における確実性がなくてはならない。

あのとき誰も死ななかったのは幸運が働いただけだ。奴の行動を予測できなかったモニカたちは、一歩間違えれば全滅もあり得る状況にいた。

敵がどのような手段を用いるのかは計り知れない。学生の身で首を突っ込んでいい事態ではないことは、誰が見ても明らかだ。

そんな忠告を含んだモニカの言葉に対し、アルギュロスは楽譜集をめくりながら返す。

「べつにそんなつもりで動いてるんじゃない」

「ほんとに？」

「ほんとにだ」

「じゃあなんで」

「…………」

「な～ん～で～さ～」

「ツンツンすんな！　子どもかお前は……！」

気怠《けだる》げに深いため息を吐き出した後、視線は前に固定したままアルギュロスは口を開いた。

「……あの日この学院に来ていた子たちが抱いていた憧れは、誰かに邪魔されていいものじゃなかったんだよ」

椅子の背もたれに体重を乗せていたモニカが唇を結び、落ち着きがなかった手元が静かになる。

アルギュロスが口にしたそれは、当初彼女が想定していた答えとはまるで違っていた。

「騎士になりたい、術士になりたい……あの場にいた人間は少なからずそんな思いを持ってたはずだ。それが急にあんな……恐怖で塗り替えられるようなことがあっていいはずがない。進む道を決めるきっかけは、できるだけ明るい方がいいからな」

どこか遠くを見つめるような眼差《まなざ》しで語るアルギュロスの瞳には何が映っているのか、それは彼自身にしかわからない。だがその内側で燃えている感情から察するに、彼の騎士としての原点に関係しているということは理解できた。

「気持ちはわかるよ。僕も犯人には腹が立ってる。けどやっぱり候補生の君が戦う必要はないと思うよ」

「自分を棚に上げるなよ」

「僕はまあ…………強いし？」

「確かにモニカは強い。前の模擬戦でそれはよくわかってる。けど弱点も多いだろ」

余裕の笑みとともに腕を組んでいたモニカの口角が引きつる。主張の強い言動で覆い隠していたものが暴かれた瞬間だった。

「術を発動するときに必ず隙が生まれるお前の戦い方はソロに向いてねえよ。おとなしく俺を頼れ。それでも危険だ、落ち着けって言うんなら……まずはお前がそうしてみせろ。無理な相談だろうがな」

「……僕に負けたくせに」

「次はどうかな」

「言うじゃんよ」

互いに煽《あお》るような表情を突きつけた後、観念したようにモニカは肩をすくめた。

「まったく……真面目な奴かと思ってたのに、意外とそういうとこあるよねアル。勇気と無謀は違うんだよ？」

「勇気だろうが無謀だろうが、そんなことはどうでもいい。自分の気持ちに名前を付ける暇があるなら、俺はその時間で行動を起こす。自分の心に従って、やれることをやるだけだ」

そう言って《譜面》の検索へと戻っていくアルギュロス。

頰杖《ほおづえ》をつき、細めた目を向けながらモニカは思う。彼の行動理念の根っこにはかつての自分──ダレンがいるのだとしたら、それは一体どのような姿をしているのだろうか。

ヘリオローズが過剰な想《おも》いを寄せていたように、「騎士ダレン」の像は今を生きる人々の中でそれぞれ異なっている。


（憧れ、か）


自分に憧れを抱いてくれた人間の理想像と、自らが思う己のイメージが合致しない。

自分を客観的に捉えるということはどうも苦手だ。


（……あの子が騎士になろうとしたのも、〝ダレン〟への憧れがあったからなのかな）


ふとモニカの中でひとつの疑問が浮かぶ。

自分に体を与えてくれた本来の「モニカ」は、何を思って行動に出たのだろう。

アルギュロスやヘリオローズと同様最強の騎士に憧れて自分も騎士を志したと考えれば、命の危機に瀕《ひん》していたダレンを救おうとしたことにも頷《うなず》ける。

以前なら過去の自分が後世に与える影響について特に関心を抱くことはなかったが、この学院生活を通じ〝騎士ダレン〟の存在の大きさを実感した。

義務感に近い感情に突き動かされて必死に剣を振ってきた人生だったが、今を生きる人々の支えとなれたなら、確かに意味はあったのだと自信を持てる。

生まれつきの体質とともに得た、騎士として戦うための才能。

それが最初から定められていた運命だったとしても、ダレンの行動によって救われた人たちの中で生まれた感情は彼らだけのものだ。唯一無二の宝だ。

できることならその輝かしい未来を、果てへと続く道を守りたい。

せっかく第二の人生を許されたのだから。

(この体になってから……また一つ、やりたいことが出来た)

黙々と書物に目を通すアルギュロスの横で、モニカは綻ぶように笑った。

●

あれは今年の春先、新学期を迎えたトーンハウス学院の校門前での出来事だった。

「じゃ・ま・で・す・わ・よ」

「うおっ⁉」

みずみずしい心持ちで新生活へと踏み出そうとする新入生が続々と校内へ入っていく中、衆目の中心で揉《も》め事《ごと》を起こした生徒がいたのだ。

騎士学科の紅と、神奏学科の純白。見たところどちらも新入生である。

「いきなり何すんだ！」

「わたくしの道を遮らないでくださいます？　大した実力もないひよっ子の分際で」

「はぁ～……!?」

校門のそばで立ち止まり、天へ伸びていくような高さを備えた学舎を見上げていた銀髪の男子生徒を、その背後からやってきた赤髪の女子生徒が蹴飛ばしたことから口論に発展したようだった。

薔薇《ばら》を象《かたど》った髪飾りで前髪を留めた女子生徒は、小生意気な笑みとともに男子生徒へと言い放つ。

「わたくしは最高にして至高のラプター家次期当主、ヘリオローズ＝ラプターですわよ。そのわたくしが歩く先を遮るなど言語道断。今すぐ跪《ひざまず》いて許しを請いなさい、ギラギラ頭」

「アルギュロスだ。校舎のデカさに驚いて立ち止まっちまったのは申し訳ないけどなぁ、断りもなく蹴ることないだろ。ダサい髪飾り着けやがって。ラプター家だか何だか知らないが、次期当主がこんなのじゃ先が思いやられるぜ」

「だっ、ださ……っ!?　ダサくない！　ダサくないですわ！」

「あぁ……!?　なんでそっち気にすんだよ……！」

頭にある薔薇を庇《かば》うようにして手で覆ったヘリオローズは、顔中から湯気を出す勢いでアルギュロスへと詰め寄る。

「薔薇はラプター家の象徴！　つまり世界でいちばん麗《うるわ》しくて気高い花ですの！　侮辱するのは許しませんわ！　謝ってください！　今すぐ！」

「知らねーよ！　ていうか俺がダサいって言ったのは薔薇そのものじゃなくて、お前の髪飾りだし！」

「んぎゅ……っ……ぬぎぎぎぎぎ…………ッ！　許しませんわ我慢なりませんわ！　この髪飾りの魅力がわからない、あなたみたいなのがいっちばん嫌いなんですの！」

「うおっ……!?」

目尻に涙を浮かべたヘリオローズが足元の虚空《こくう》を両腕で殴りつけると同時に、アルギュロスの真下の地面に大きな亀裂が走った。

反射的にその場から退避したアルギュロスを追うように伸びる荊棘《けいきょく》。間違いなく神奏術で生み出されたものだろう。

驚くべきことに、ヘリオローズというこの少女は笛による《演奏》を用いることなくこれを操っているようだった。

「おい！　なにするつもりだ！」

「この髪飾りをバカにした罪はおんっっもたいですわよ！　あなたが頭《こうべ》を垂れるまで——徹底的にやっつけてやりますの！」

「チッ…………！」

騒ぎを聞きつけて集まりだした生徒たちに囲まれながら、アルギュロスは容赦なく襲いくる荊棘を引き抜いた剣で迎撃する。

アルギュロスの繰り出す剣の軌道は疾《はや》く、それでいて正確に間合いへ侵入してくる荊棘を叩《たた》き斬った。新入生とは思えないほどにその技能は卓越している。

対するヘリオローズは無演奏と呼ばれる高等技術を駆使しながら、地面から無数に生やした深緑の鞭《むち》を自在に操るという思考回路が渋滞を起こさないのが不思議なほどの巧技をやってのけた。

「……！　なかなか！」

「やるな！」

決してありふれたものではない範囲攻撃を操るヘリオローズと、その包囲網を容易《たやす》く突破したアルギュロス。意図せず互いに称賛の言葉がこぼれる。

自分たちがこれから入学するトーンハウス学院は、騎士と神奏術士《しんそうじゅつし》——すなわちこの国を支える重要な柱となる者を育てる場。

――――これほどの人間が、他にもごろごろと。

突発的に始まった張り合いの中で、アルギュロスとヘリオローズの胸で燻《くすぶ》っていた対抗心は確かな炎となって灯《とも》った。

「ふんっ……！」

「単発技法！」

荊棘を何重にも束ねた質量の塊をヘリオローズが地より射出。それをアルギュロスは最速かつ最高の威力を備えた刺突技で正面から迎え撃つ。

衝撃を一点に伝えるアルギュロスの剣技は荊棘の砲弾を徐々にばらけさせ、勢いをそのままに術者である少女の眼前まで彼を肉薄させる。

「うぐ………っ⁉」

勝敗が決するのにそう時間はかからなかった。

ヘリオローズの首元に添えられた白銀の刃が、彼女の頬に伝った冷汗に仄《ほの》かな光を反射させる。

「俺の勝ちだ……って、べつに勝負してたわけじゃないか」

しんとした空気がその場に満ち、戦闘でアルギュロスが見せたスマートな剣捌《さば》きに向けて周囲からまばらな拍手が聞こえてくる。

「ぬ……む、ぐぐ、ぎ………っ」

そこで己の敗北を自覚してしまったのか、ヘリオローズはその長髪に迫る赤みを顔中に浮かび上がらせながら頬を膨らませた。

「────ふんっ‼」

「ぐぼぁッ⁉」

そして刃の側面を手のひらで跳ね除《はの》け、八つ当たりの拳をアルギュロスの腹へ浴びせる。

日頃から体を鍛えている彼にも大いに響くようなクリーンヒットだった。

「今日のところは見逃してさしあげますわ！」

「これでか……？」

「今回はたまたま、偶然、運悪く油断してしまいましたが、わたくしがその気になればあなたみたいな雑兵の一人や二人────！」

鳩尾《みぞおち》にもらった打撃に蹲《うずくま》って悶《もだ》えるアルギュロスと、それを見下ろしながら悔しげな言葉を並べるヘリオローズ。

「なんの騒ぎですか⁉」

両者のもとに慌てて駆け寄ってきたのは、長い髪を後ろで束ねた年若い男性。着込んでいるスーツの様子からしてトーンハウス学院の騎士教官だろう。

ふたりが……というよりヘリオローズが発動した神奏術が撒《ま》き散《ち》らす騒音に気づいてやって来た彼は、目撃者から状況を聞いて呆《あき》れるように眉根を揉んだ。

叱咤《しった》の後、アルギュロスとヘリオローズには揉め事を起こした罰として入学式が始まるまでに戦闘で生まれた荊棘の切除と破壊された石畳の片付けが課せられた。

散乱している棘《とげ》に気をつけながら台車へ瓦礫《がれき》等を運びつつ、ヘリオローズは不満げに唇を尖《とが》らせる。

「なんであなたまで……。この残骸はわたくしの術のせいですのに」

「仕方ないだろ、連帯責任だ。俺もついついはしゃいじゃってたしな」

「…………いきなり襲ってごめんなさい、ですわ」

「俺も変なこと言って悪かったよ」

入学早々教官からお叱りを受けたのが相当こたえたのか、やけに弱々しく口にしたヘリオローズへアルギュロスも素直に返した。

「あ、あの～……」

気まずい沈黙が続いていたその時、こわごわとした声色を発する誰かが二人の前に現れた。

神奏学科の白い制服に身を包んだ少女。

左側で結った空色の髪を揺らしながら近づいてきた彼女は、精一杯の作り笑いとともに言った。

「手伝いましょうか？」

●

トーンハウス学院各学科の生徒寮には共有の大浴場がある他、各部屋に手狭ながらシャワールームも設置されている。

「ふぃ〜〜………」

程よく肌を刺激する熱い湯を頭から全身に浴びながら、モニカは絞り出すような声をこぼした。

「ここの設備、ちょっと充実しすぎじゃないかなあ。少し前まで野宿が当たり前だった人間からしたら快適すぎて腑抜《ふぬ》けちゃうよ」

シャンプーを流し終えた後、お湯を止めて次はボディソープをスポンジで泡立て始める。

体を洗い流す。ただそれだけの行為で養われる英気がどれほどのものか、この学院に来てからは一層痛感することになった。

国の治安維持に必要不可欠な騎士や術士を育てる教育機関となれば生徒の心身を健康に保つための設備にも力を入れることは当たり前と言われればその通りだが、それにしても気が利《き》いている。

「まあでも……この体は僕だけのものじゃないんだ。日頃から綺麗《きれい》に、大切にしないとね」

泡で満たされたスポンジで体の隅々を擦りながら鼻歌を奏《かな》でるモニカ。

本当なら大浴場の湯船で思い切り足を伸ばしたいところであるが、今はまだ夜も浅く他の女生徒も多いことだろう。肉体はともかく、中身は男のままである今のモニカが入るには罪悪感と羞恥心の方が勝ってしまう。

だからこそ普段はこうして部屋のシャワーで我慢しているわけだが……。

「今度、休日にでも人が少ない隙を見て行ってみようか――」

「お邪魔しますわよ～」

体を流そうとモニカがシャワーのレバーへと手を伸ばしたその時、思いがけない闖入《ちんにゅう》者が背後の扉を開けて現れた。

「っ……!? ヘリオロ――だぁっ!?」

突然の出来事に足を滑らせたモニカが見事にひっくり返り、壁に後頭部を打ち付けてしまう。

「っ……づぅ～…………！」

「だ、大丈夫ですの？」

「タンコブできるかも……」

ふと顔を上げた先に実る巨峰を見て固まる。

さりげなく目線を外しながら立ち上がったモニカは、タオルで体を隠しながら細々と口にした。

「なっ……なんでここに？　ヘリオローズ、いつもは大浴場に行ってるのに」

「向こうは人が多くてくつろげたもんじゃありませんわ。今日は神奏学科の方でも体術の演習がありましたから、皆さんこぞって大きいところで汗を流したがってるんですの。せっかく部屋にシャワーがあるんですもの、たまにはこっちで我慢するとしますわ」

「そ、そうだったんだ。じゃ、僕は先に出るね……ごゆっくり……」

「泡だらけですのに？」

ボディソープを流さないままシャワールームを退出しようとしたモニカの肩を捕まえつつ、ヘリオローズは様子がおかしい彼女に眉をひそめる。

「別に気を遣わなくて結構ですわ。先に入ってたのはあなたですし。……そうですわ、これもルームメイトのよしみ。わたくしがお背中お流ししましょう！」

「い、いいっていいって……自分でできるから……」

「なーに急にしおらしくなってやがりますの――」

ハッと何かに気づいたようにヘリオローズの目が見開かれる。

やがて悪戯《いたずら》な笑みを浮かべ、小さくなっているモニカを面白がるように言った。

「まさかあなた、裸体を見られるのが恥ずかしいんですの？　女の子同士ですのに？」

「いや、僕が恥ずかしいってのもあるけど……君のその、」

「とりゃあッ！」

「ちょっ⁉」

ごにょごにょと口を動かすモニカからタオルを引っぺがしながら、ヘリオローズは高々とした笑い声を反響させた。

「アーハッハッハ！　愉快ですわ痛快ですわ！　怨敵の思わぬ弱点を見つけて笑いが止まりませんわーっ！」

「いや、だからその……前隠しなよ…………」

「同性に見られて恥ずかしいところなどわたくしには微塵《みじん》もありませんの。ほらほらじっとしていなさい！　イチから洗い直して差し上げますわ！」

「……できるだけ早く済ませてね」

肌に滴《したた》る水滴がたちまちに蒸発しそうなほど体温が上がっている気がする。

度々豊満な膨らみがモニカの背中で押し潰され、彼女が赤面していることなど気にも留めないまま、ヘリオローズはキャンバスアートを描くように豪快にスポンジを走らせた。

「ふむ……ふむふむ………」

「な、なに？」

「あれだけ派手に動き回る戦い方をするにしては、綺麗な肌をしていますわね。わたくしよりは劣りますが、フィーネとはいい勝負ですの」

「フィーネとも普段からこういうことしてるの……？」

「お友達ならこれくらいは当然でしょう？」

「そっか。……いや、そうなの？」

「流しますわよ～」

「わっぷ」

了承を得ないままシャワーが出され、再びお湯を頭から被《かぶ》るモニカ。

じっと堪えるように固まりながら心を落ち着かせる。一糸まとわぬヘリオローズが入ってきたときはどうなるかと思ったが、直視しなければ何とかやり過ごせそうだ。

「さ、次はわたくしですわね。どうぞ」

「はい？」

胸元に投げられたスポンジを反射的に受け取ったモニカの表情が凍りつく。

「『はい？』じゃないですわよ。自分だけスッキリして終わりだなんてズルですわよ。わたくしの体を洗う栄誉をありがたく受けなさいですわ」

「いや、やっぱ普通ではないよねこれ⁉」

「つべこべ言わず洗いなさいですわ！　まずは前から！」

「ちょおー⁉　むりむりむりむりむり！　勘弁して！」

「そこまで嫌がりますの⁉　ええいっ……こうなったら何がなんでも……っ！」

胸の間へ強引に手を引き寄せられるも必死に抵抗を続けるモニカと意地でも体を洗わせようとするヘリオローズはやがて揉《も》み合《あ》いになり、壁に体を打ちつける騒音がしばらく続いた。

「おわっ⁉」

「ふぎゃっ⁉」

仕舞いには同時に足を滑らせて転倒。シャワールームの扉へ突撃した両者はその勢いのまま部屋へと転がり、ずぶ濡《ぬ》れの体のまま重なり合って止まった。

「――こんばんは～、クッキー焼いたの。夕食も持ってきたから一緒に食べ……」

直後、すぐそばにあった部屋の扉が開かれる。

料理と焼き菓子が入っているであろうバスケットを手にぶら下げながらやって来たフィーネの眼前にいるのは、全身肌色のまま密着する友人ふたり。

見てはいけないものを目撃してしまったと言わんばかりに顔を強張《こわば》らせたフィーネは、手にしていたバスケットを静かに置くと引きつった笑顔で口を開いた。

「ふ、ふたりで食べてね……」

「待ってフィーネ！　今すぐ解かなきゃダメな誤解してる！」

「いってぇですの～………」

柔らかな重みの下敷きになりながら、モニカは夜の寮に声を木霊《こだま》させた。

「リオちゃん寝ちゃってる」

フィーネが持ってきてくれたパンやコロッケを完食した後のささやかなティータイム。

指先でクッキーをつまみながら壁にもたれかかっているヘリオローズを見て、モニカとフィーネは口元を緩めた。

先ほどもフィーネが代わりに体を洗ってくれたおかげで落ち着いてくれた彼女だったが、こうして静かにしている間は一級品の人形のようだ。

「そういえば、フィーネとヘリオローズはいつ頃知り合ったの？」

すっかり眠りこけているヘリオローズをベッドまで抱えつつ、何気ない調子でモニカが尋ねた。

「入学してからすぐだよ。ほら、リオちゃん……ちょっと元気すぎるでしょ？　前はひとりでいることも多かったから、わたしから少しずつ声かけたんだ」

「あー……」

言わんとしていることを察して小さく頷《うなず》く。確かにヘリオローズは自然と周囲の人間が集まってくるようなタイプではない。むしろ主張の強さ故に避けられる口だろう。

「出会い頭にアルギュロスくんと決闘紛《まが》いのことを始めたときはびっくりしたなぁ」

「決闘？　アルとヘリオローズが？」

「うん。入学式の日に、突然。周りにいた子もすっごく驚いてた」

そこからフィーネは今年の入学式の日に起きた出来事を身振り手振り交えて教えてくれた。説明している彼女も、どこか楽しそうに語気を弾ませている。

「へえ～……最初から仲良しだったんだね、ふたり」

「今はもちろんそうだろうけど……あの頃はどうだろう？」

肯定しつつも小首を傾《かし》げるフィーネ。話を聞く限りだと、割とすぐに両者は打ち解けたように聞こえたが……そこはあのふたりだ。一筋縄ではいかないものがあるのだろう。

モニカが学院に来てから触れてきた様子だと、喧嘩《けんか》するほど何とやら、と言える関係にも思えるが。

「そう言うフィーネはおっとりしてるようで、結構ハッキリした感じだよね。アルもそうだけど、第一印象って案外アテにならないもんだなぁ」

「あはは。……でもアルギュロスくん、最近は特に熱くなってるって感じするよ。ちょうどモニカちゃんが来たあたりから」

「えっ、そうなの？」

「うん。前はもっとこう……一匹狼《いっぴきおおかみ》みたいな」

「へえ～……敗北を知って焦《あせ》り始めたわけだ」

「キャハッ……！　モニカちゃん言い方！」

「いい変化だよ。独りで突っ走るのは、よほど特別な力がなくちゃいずれ限界がくるから」

「……変化といえば、モニカちゃんが編入してから学院全体の雰囲気も変わった気がするよ」

フィーネが淹《い》れてくれた紅茶のカップに口を付けたまま、モニカは瞼《まぶた》をぱちくりさせる。

「と言うと？」

「刺激になってるっていうか……触発されてみんな今までより授業に身が入ってる気がするんだ。リオちゃんなんてまさにそうだけど、神奏学科でも近接戦闘の演習に活気が出てきたし」

「うーん……この前の事件のせいじゃないかなあ、それ」

「それもあるけど……けどそれ以上に、女の子で騎士を目指してるモニカちゃんからみんなパワーを貰《もら》ってるんだと思う」

「……それを言うなら僕も同じさ」

カップをくるりと回し、中で揺れている紅茶に映る少女の顔を見つめながらモニカは返した。

「ここに来てから初めて体験することがいっぱいで、見るもの感じるもの全部が刺激になってる。将来この国を支えることになる……若い芽の君たちが、どんな花を咲かせるのか見てみたくなった」

「……ふふ、変なの。それじゃモニカちゃん、わたしたちよりずっと歳上《としうえ》みたい」

「あっ……これは別に、ただの喩《たと》えというか……」

自分の紅茶を飲み干した後、フィーネは持ってきた物をバスケットにしまいながら言う。

「けどそうだね、わたしも楽しみ」

立ち上がり、ティーカップを持ったまま狼狽《ろうばい》するモニカを見下ろした彼女は、瞳に宿る感情を覆うような笑顔を作った。

「そろそろお暇《いとま》するね。カップは明日にでも返してくれればいいから」

「あ……うん」

「それじゃあね」

「待ってフィーネ」

「ん?」

正体不明の違和感を覚え、モニカは咄嗟《とっさ》に手を伸ばしてフィーネを呼び止めた。

自分でもなぜそんなことをしたのかわからなかった。

「……例の事件があった日、体調崩したって聞いたよ。その後、調子はどう?」

こちらを振り向いた彼女から目を外し、数秒考えた上でモニカは当《あ》たり障《さわ》りのない話を振る。

「ああ、今はもう全然! 元気いっぱいだよ!」

「そっか……よかった。お大事にね」

「うん、ありがとう。おやすみなさい」

そのやり取りを最後に、フィーネは自然な足取りでほとんど足音を立てないまま部屋から去っていった。

ヘリオローズの寝息だけが聞こえる一室の片隅で、モニカはざわざわと騒ぎ立てるものの正体を探るように自分の胸元に指先で触れた。

●

「そろそろ大詰めだね」

ランプの灯火が揺れる薄暗い一室。

手書きの音楽記号で埋め尽くされた紙を睨《にら》んでいた私の背後に、軽薄な声が投げかけられた。

後ろは振り向かないまま、私はいつものように生気なく返す。

「そうね」

「ここまで長かったね。あなたがいなかったらこの曲を完成させることはできなかった。

改めてありがとう、協力してくれて」

「べつに。私にも成りたいものがあったから、そのために必要な要素を取り入れただけ」

「成りたいもの……か。それ、聞いたらダメかな？」

「最初に約束したはず……お互いの目的は詮索しないって」

「そうだったね、ごめん。でもあれを大事そうにしているのを見ちゃったら、なんとなく察しはついちゃうかな」

　ふと彼女が視線を向けた先にあったのは、壁に掛けられた一振りの剣。

　笛と剣が一体となったような外見から受ける印象は、武器というより芸術品に近い。

　私が素材を元に神奏術を用いて造り上げた傑作だった。

「……あなたの理想が叶《かな》ったときは、あんな凝ったものはいらなくなると思うけど」

「少し……口を閉じててくれる？」

「そんな怒らないでよ。わたしたち友達みたいなものでしょ？」

「私に友達はいらない。……ひとりで生きていけるくらい、強くなるのが私の理想だから」

「うん、わたしも似たような感じ」

　ペンを動かしていた手を止め、目の前の楽譜を折りたたむ。

私はようやく後ろへと向き直り、そこに佇《たたず》んでいた彼女と目を合わせた。

「仕上がった」

「お互いお疲れさま。本番の前に試してみたいところだけど……」

「これはあくまで片道切符。求めるものが現れるまで、やめたほうがいい」

「だよね」

そう返事をする彼女は柔らかに笑っていたが、私にはそれが本心から表れたものではないことはわかっていた。

彼女の笑顔は自衛の笑顔。周囲に溶け込み、無害でちっぽけな人間であることを演出するための護身術。

それは誰も信用していないことの裏返しだった。

同じ目的を持ち、長い時間を共に過ごした私に対してすら、彼女は微塵《みじん》も心を許してはいない。

もっとも、それは私も言えたことではないが。

「もうすぐあなたともお別れかな。悲しいね」

「別れを惜しむような関係じゃない」

「ひどい！　わたし、あなたと会えて本当に嬉《うれ》しいんだよ？　あなたがいたから、わたしは夢を摑《つか》み取《と》るところまで来れたんだから！」

白々しくも、その言葉だけは本音であることが読み取れた。

彼女は私の瞳を捉え、じっと視線を注いでくる。

水に落ちもがき苦しむ運命にある虫を、楽しそうに眺めているような、そんな眼差《まなざ》しだった。

『ねえ――――モニカちゃん』

「――――――――ッ！」

胸の奥からせり上がる寒気に脳裏を叩《たた》かれ、モニカはベッドに背中を預けたまま瞼を開いた。

冷や汗が止まらない。

暗がりの中で深呼吸を繰り返し、しばらくは天井を見つめたまま言葉を失っていた。

「……どういうことだ？」

夢の中で見た光景は、おそらく本来の「モニカ」の記憶。

以前は劇場で流れる映像を眺めているような感覚だったが、今回は実際に自分が「モニカ」本人になっているかのような生々しさがあった。

いや、そんなことよりも――

「……わけがわからない」

冴《さ》えてしまった意識を凝らし、夢の中に出てきた「モニカ」ではないもう一人の人物について思考を巡らせる。

彼女は「モニカ」と何をしていた。

ふたりが交わしていた会話の意味は？

考えれば考えるほど、頭の中にまとまっていた要素は毛糸のように解け複雑に絡《から》み合《あ》っていく。

「確かめないと」

恐ろしいものに触れようとしている予感がある。

だがそれを見て見ぬ振りをすることはできなかった。

それはモニカにとって、これからの在り方を左右する鍵に他ならなかったから。

間奏

トーンハウス学院第一棟にいくつか存在する実習室は、それぞれがそこそこ大きめの管弦楽団の練習に使えるほど広い。

そのすべてが当然のように防音が働く造りになっており、神奏術士《しんそうじゅつし》候補生の実習はもちろん、放課後に自主練を行う生徒は大方ここを利用する。

本日午前最後、「危機的状況における演奏技術」――いわゆる戦闘で多用される《譜面》などについて学ぶ講義。

早めにノルマを終わらせてしまったので、教官から授業終了の鐘が鳴るまで自由に過ごしていいと通達された神奏学科の女生徒たちは、ある者は学友と雑談、ある者は講義で習った《譜面》のおさらい、またある者は座学の予習など、思い思いの時間を過ごしていた。

「――ピカロさん、ちょっと教えて欲しいところがあるんだけど」

自由に過ごしていいと言われてもパッと欲求が浮かばず、両手で笛を握りながら固まっていたところ、フィーネ＝ピカロは隣に座っていた同級生に腕をつつかれてその子の顔を見る。

実習の際に座るポジションは定められているので、決まってフィーネの左横にいる生徒。時折話しかけてくる快活そうな女の子だった。

お喋《しゃべ》りをしているとモニカに少し雰囲気が似ているとわかるが、彼女にはない鬱陶しさを言葉の節々から感じてしまう。正直な話。

「うん、いいよ」

「ありがとー！　えーっとここなんだけどさ、押さえる指の切り替えがどうもテキパキできなくて――――」

そう言って彼女が指したのは《加速の譜面》――その簡易版。通常の《加速の譜面》からより余裕のない状況で演奏することを想定し、効果の減衰と引き換えに短縮・編曲された護身用の《譜面》だ。極端なことを言えば口笛でも発動できる。

話を聞いてみればなんてことはない。楽譜の意味するところがわからないとか、曲の流れがどうのという話ではなく、単にキーを指で押さえる手順が上手《うま》くいかないという相談だった。

はっきり言ってひたすら練習を重ねて経験を積む必要のある事柄で、こちらが教えてどうなるものでもないが、口頭で伝えるだけというのもそっけない気がするので実際に自分の笛を使って見せてあげる。

「こんな感じかな」

「え、速すぎてわかんない……」

考える素振りもなく返してきた彼女に困り笑顔が漏れた。

「忙しい曲調だから、慣れないと難しいかもね」

「戦闘……って言っても危ない奴《やつ》に出くわして逃げるときに使う曲だよね？　そういうのに多いよねぇ、やたらテンポの速い曲」

「神奏術に使われる《譜面》は曲調と効果で浮かべるイメージに一貫性を持たせる必要があるからね。こういうのは仕方ないよ」

「て言ってもさぁー……あ、これ友達の話なんだけどね？」

突然始まったのは関連性の見出《みいだ》せない雑多な話題。

フィーネはそこでようやく彼女は演奏について教えてもらいたいのではなく、鐘が鳴るまでの暇つぶしをしたいだけであることに気づき、わからない程度に小さく息をついた。

「指の動きのことなら、リオちゃんに教えてもらった方がいいよ。そういうの得意なんだ」

「『リオ』……？　ああ、ラプターさん」

同級生の話を軽く聞き流したフィーネが口にした名前に対し、彼女は見るからに渋い表情になる。

当の本人……ヘリオローズはフィーネたちから離れた席に座っており、こちらの会話は届いていないだろう。それをいいことに同級生の少女は歯止めをかけずに思慮の浅い言葉を続けていく。

「私あのヒト苦手なんだよねー。いっつも偉そうだし。ピカロさんは仲良いんだっけ？　やめときなよ、あんなの」

なんの責任も宿っていない言葉の数々を耳にして、フィーネの方も真剣に聞くことをやめた。

そうこうしているうちに講義の終わりを知らせる鐘が校内に響き渡る。

「あ、じゃあまたね。教えてくれてありがと」

がたがたと椅子を鳴らして実習室から立ち去っていく生徒たちの波に交ざり、隣にいた彼女も姿を消す。

……直後、鼻の奥にくすぐられているようなむず痒《がゆ》さが生まれた。

「は――――くしゅっ！」

咄嗟《とっさ》に右手で口元を覆い、フィーネはくしゃみの勢いを殺す。

さっきまでは治まっていたのだが、朝から鼻と喉の調子が悪いのを思い出した。

「風邪でも引きましたの？」

「あ……リオちゃん」

席を離れ、自分のもとまでやってきたヘリオローズと目線を合わせるようにフィーネもまたその場で立ち上がる。

「ちょっとね。けどそんなにひどくないよ」

「そんなこと言って、また前みたいに倒れるようなことはナシですわよ？　すっごく心配したんですから」

「あはは……ごめんね」

演奏会直前に体調を崩して医務室へ運ばれた時のことを思い返す。確かにあの時はヘリオローズを含め他の神奏学科の生徒にも迷惑をかけた。

おそらく大丈夫だとは思うが、放っておくとヘリオローズの口がすっぱくなる。今回も早めに薬を処方してもらった方がいいかもしれない。

「わたくしは勝手に昼食を済ませておきますから、医務室へ行きなさい。悪化したら大変ですわ」

「うん、そうだね。……くしゅっ！」

こちらから言うまでもなくヘリオローズが口にしたことに首肯し、フィーネは実習室から静かに出て行く。

このような何気ないヘリオローズの気遣いも、先ほどのクラスメイトは知らないのだろうなと思うと、勝ち誇った気分になった。


「――くしゅっ！　失礼します…………くしゅっ！」

こんこん、と控えめなノックの後、フィーネ＝ピカロは赤くなった鼻先を軽く擦りながら医務室の扉を開いた。

「あらピカロさん、お久しぶり。…………風邪かしら？」

「ご無沙汰してました、パウゼ先生。恥ずかしながら……くしゅっ！　くしゅっ！」

「季節の変わり目だからね。あなたは特に体が弱いみたいだから、体温調節とかしっかりしないとダメよ？　……はい、ちーんてしなさい」

「すみません、ありがとうございます」

ほんのりと赤みを帯びた鼻をしたフィーネへハンカチを手渡すのは、白衣をまとった二十代後半と思《おぼ》しき長髪の女性。

トーンハウス学院に勤務する養護教諭である彼女――パウゼ＝タンツは、時折体調を崩して医務室を訪れるフィーネと軽い世間話を交わすくらいの間柄になっていた。

「それで、今日はどんな感じかしら？」

「今朝からくしゃみが続いてるのと……喉の痛みが少し」

「思いっきり風邪ね。この前みたいなよくわからない症状じゃなくてよかったわ」

この前……というのは体験入学会、つまり「ディンブラ襲撃事件」があった日のことだ。

あの日もフィーネは演奏会の準備中に突然高熱を出し、ヘリオローズの手を借りて医務室へ担《かつ》ぎ込まれたのであった。

そのときは解熱剤《げねつざい》を処方され少し眠るとすぐ普段の生活へ戻ることはできたが、結局原因は判然としないまま日が重なっていったので、パウゼは時折フィーネと顔を合わせるたびに彼女を気にかけてくれている様子だった。

「昨日は遅くまで勉強してて……そのまま机で寝ちゃってたから、冷えちゃったんだと思います。……くしゅっ！」

「試験期間でもないのに感心ね。……じゃ、目を閉じて集中して」

「お願いします」

椅子に座って対面したフィーネを見据え、パウゼは机に置いていた横笛を構える。

奏《かな》でられるのは当然神奏術の音色。

穏やかな川のせせらぎを連想させる落ち着いた曲調のそれは、人体の免疫能力を活性化させる効果を備えた、数少ない医療用の《譜面》だ。

さすがに寝込んでしまうような重い病状の患者を治せるほど便利なものではないが、今のフィーネのように軽い風邪程度の症状であるなら曲を聴いた日の夜には回復していることだろう。

「はい、ご静聴ありがとう。ちょっと横になってく?」

「いえ、大丈夫です。また何かあればお世話になります」

「はい、お大事にね」

すぐには止まってくれなかったくしゃみに苦い顔をしつつ、小さく頭を下げながらフィーネは医務室から退出する。

鼻のむず痒さが鬱陶しい。

体温調節に気を配らなければ、とフィーネは制服の襟元を締め直しながら奥へと続く廊下へ体を向けた。

「やあフィーネ、風邪でも引いた?」

「……!? も、モニカひゃっ…………くしゅっ!」

「大丈夫?」

踵《きびす》を返《かえ》した先に待ち構えていたモニカの顔が目の前に現れ、驚きで仰《の》け反《ぞ》りながらフィーネは顔を覆って小さくくしゃみをこぼす。

いまいち調子が整わないためか、少しぼうっとした表情で鼻をすすった彼女がぽつりと口にした。

「ん……モニカちゃんも医務室になにか？」

「いや、近くで偶然フィーネを見かけたから声をかけようと思って。……それより大変そうだね。午後の講義は休むの？」

「ううん、今日はあと一コマしかないし出るよ。好きな授業だし」

「そっか。ごはんまだなら一緒に食べない？　奢《おご》るからさ」

「えっ？　そんな、悪いよ」

「いいのいいの。こんな時はあったかいものに限るよね～」

そう言って何気なく取ったフィーネの手のひらから伝わる温度に、モニカは微《かす》かに顔を顰《しか》める。

真冬の外に放置されたグラスのようだった。

「うわっ、手ぇ冷たいね」

「リオちゃんにもよく言われるよ」

「これ以上冷えちゃいけない。このまま食堂までエスコートさせていただきますよ、お嬢さん！」

「ふふふ。じゃあお願いします、かわいい騎士さん」

ふたりは手を繋《つな》いだまま、肌寒い空気に満ちた廊下を進んでいく。

途中でふと自分の左手と繋がっているモニカの右腕を見下ろしたフィーネは、少し前まで付けていたギプスが外れていることに気がついた。

「モニカちゃん、腕はもういいの？」

「うん、全快。アルとかも余裕でお姫様抱っこできるくらい快調。……あ、何なら食堂までそれで行こうか」

「それはちょっと……遠慮しておくよ」

「そう？　平気なのに」

冗談というわけではなかったらしいモニカの提案に苦笑するフィーネ。

「…………まさかとは思うけど、本当にアルギュロスくん抱えたりしてないよね？」

「今朝もアルに同じこと聞かれたからさ、クラスみんなの前で披露してみせたの。なぜかめちゃくちゃ怒られたけど」

「それはモニカちゃんが悪いよ……」

「えっ……？」

何のことだか、といった表情で首を傾けるモニカに、フィーネも呆《あき》れ顔《がお》でここにはいないアルギュロスに同情した。

心優しく明るい、いい子というのがモニカの基本であるが、ふとした瞬間に常識外れの行動に出ることがある。それが彼女の魅力的なところでもあるが。

モニカがこの学院に来てから半年も経《た》っていないが、彼女の存在は早い段階からこの学院に馴染《なじ》みつつあった。

まるで入学当初の春先から在籍していたかのように、彼女は接する者たちとの壁を感じさせない。彼女からすれば壁なんて最初からないのだろうが。

騎士学科の教室内でもすっかり溶け込んでいるとアルギュロスも話していた。

「……すごいなぁ、モニカちゃん」

食堂に到着し、注文したミネストローネを数口飲んだフィーネは不意にそんなことを呟《つぶや》いた。

向かい合って座っているモニカが手を伸ばすのは皿の上に大量に積まれた黒パン。食堂のメニューでいちばん安いものだ。

浸すスープも載せるチーズもないというのに、硬く味気のないそれをモニカは幸せそうに次々と口へ運んでいく。歯に《耐久の譜面》でもかけているのだろうか。

「これくらいは何てことないよ。本当はもっと色んな栄養を取りたいところだけど、最近ちょっと食費をかけすぎてたからさ。節約しようかなと思ってて」

「ああいや、食欲の話じゃなくてね。……わたしのスープ、ちょっと飲む？」

「いいの？　やりぃー」

フィーネがミネストローネをすくったスプーンを差し出すと、モニカは雛鳥《ひなどり》のように身を乗り出してそれを咥《くわ》えた。

こうして見ると学生の身で学院に侵入してきた〝ディソナンス〟を倒したことが嘘《うそ》のように思えてくる。

「……最初に見たときはびっくりしたなぁ」

遠くにあるものを捉えるような目で呟いた後、フィーネは顔を上げて黒パンを頬張っているモニカを視界の中心に置いた。

「女の子なのに騎士を目指してるなんてまさか！　って思ってたけど、合同演習でのあなたを見たらもう……ワクワクが止まらなくなっちゃって。歴史に残るような凄《すご》い人って、だいたい学生時代から異彩を放ってたって聞くし………ああ、こういう子がそうなんだって、わたし感動しちゃったもん」

「凄い人て。好き勝手やらせてもらってるだけで、誰かの期待に応えるようなことは何もしてないと思うけど？」

「そんなことないよ。……わたしから見ても持ってないものばかり」

あまり減っていないミネストローネの皿を見つめながらフィーネがこぼす。

どこか含みのある言い方だったが、その裏にある意味を読み取れないでいたモニカは相槌《あいづち》の言葉を探すように口を開けたり閉じたりを繰り返した。

「アルギュロスくんもそうだけど、学院にディンブラが現れたときよく自分から前に出られたね。怖くなかったの？」

「べつに」

やがて再び口を開いたフィーネが尋ねてきたその問いに一考しつつ、モニカは微塵《みじん》も迷いを残さずに答えた。

ピンクゴールドの瞳の輝きが、まっすぐにフィーネへ届く。

「アルも同じだと思うけど、僕にとってそういうのは息をするみたいに当然のことなんだ。君がそれを凄いって思う気持ちは……まあわからないとは言わないけど、正直ピンとこない。基準は人によって違うけど、当たり前の行動を美徳とは思わないでしょう？」

「自分よりも大きくて力のある存在に、恐怖は抱かないの？」

「……ああ、いや、戦ってて『ピンチだ！』『まずいな～！』って思うことはあるよそりゃ。だけどそういう感情とやるべきことを、僕はパッと天秤《てんびん》で量れちゃうというか。……『戦うことよりも恐怖で震える必要性がある状況』ってのがもしあれば、違うんだろうけどね――」

別段何かを意識するわけでもなく語っていたところ、ふとフィーネの口元から優しげな微笑が消えていることに気づく。

彼女は何かを悟ったように、何かを測るように小刻みに頷《うなず》いた後、それが自然に表れたものではないと一瞬でわかる笑みを浮かべながら言った。

「やっぱりモニカちゃんはすごいよ」

「……どういたしまして？」

本心を取り繕った音の連なりに対して返せるのは、同様に意味を帯びていない言葉だけだ。

先ほどよりも重たい沈黙がふたりの間に充満し、またしてもそれを取り去ったのはフィーネだった。

「――早いとこ食べちゃおうか！　スープが冷めちゃう！　モニカちゃんのパンも焼きたてを貰《もら》ったんでしょ？」

「あ、ああ……そうだね」

詰まった空気を切り替えるように手のひらを打ったフィーネへ反射的に応答した後、モニカの手は無意識に傍《かたわ》らの黒パンを掴《つか》む。

「さっき、節約してるって言ってたよね。それで奢ってもらうのは悪いし、今回はわたしが持つよ」

「え？　いやいや、僕が出すって。ていうか支払いはもう注文のときに済ませたでしょ？」

「お金だけ渡せば済む話だよ。……じゃあ、ちょっと勝負しない？」

前触れもなく提案したフィーネはおもむろに右肘を曲げたままテーブルの上に置き、「どうぞ」とでも言うような視線を向けてくる。腕押しで話をつけようというわけか。

モニカは戸惑いつつも同じように右腕を差し出し、自分と彼女の小さな手と手を結び合わせた。

「わたしが勝ったら、わたしの奢り。モニカちゃんが勝てばモニカちゃん持ちで」

「普通、逆だよね……」

「どっちも譲らないんだからしょうがないよ。——はい、スタート！」

「あっ！　ずるい！」

モニカは緩んでいた筋肉を引き締め、ぶつかってくるフィーネの腕力を迎え撃つ。

騎士を志してトーンハウス学院への入学を決めたときから、モニカは純粋な筋力トレーニングを毎日欠かさず行っていた。おかげで今の体でも腕っぷしには自信がある。

神奏術は当然使わないとして、アルギュロスをはじめとした騎士学科の面々を相手にするのはさすがに厳しいかもしれないが、普段最低限の鍛錬しか行っていない神奏学科の生徒には負ける気がしなかった。

現に今もフィーネの細腕くらいなら軽く押し返して――

「…………あれ？」

――しかし予想に反して、フィーネの腕は巨大な岩石でも相手にしているかのようにピクリとも動かなかった。

「あ、あれっ？　あれれれれ…………？」

「ふふん」

焦《あせ》り始めるモニカを見て、フィーネはいたずらっぽく笑う。彼女にしては珍しい表情だ。

「あはは、モニカちゃんよわ～い」

「えっ、ちょっ……！　なんで⁉　フィーネなんか術使ってるでしょ！」

「使ってません～」

「んぐっ……！　ぎぎぎぎぎぎぎぎぎ………ッ！」

全力を振り絞って臨んでいるモニカの腕を、フィーネは赤子の手を捻《ひね》るように押し返していく。

頭から足先まで力を込めて真っ赤になっているモニカの健闘もむなしく、結局フィーネが最後まで余裕を残したまま勝利した。

「どんなもんだい」

「……ごちそうになります」

自慢げに胸を張ったフィーネが制服の中から財布を取り出し、テーブル上にある品分の代金をモニカの目の前へ置く。

「けどどうして……？　もしかしてフィーネも日頃から鍛えてたりするの？」

「まあ、そんなところかな」

そう返答したフィーネの微笑《ほほえ》みは、いつもの彼女らしいものだった。

「ごはん、誘ってくれてありがとう。今度はリオちゃんたちも一緒にね」

そう言って静かに去っていく彼女を、モニカはテーブルに突っ伏しながら見送る。

本当は………フィーネには聞きたいことが――いや、聞かなければならないことがあったのだ。だがそれを言葉にする勇気が、今のモニカにはなかった。

「どうしたものか」

フィーネがテーブルに残した硬貨をぼんやりと眺めながら、モニカは困り果てた様子でぽつりと呟いた。

第四楽章　焦がれるもの

ディンブラ襲撃事件からさらに一ヶ月ほどが経過し、外の冷気がますます肌を刺すようになってきた。

事件の首謀者は未《いま》だ影も摑ませることなく身を潜めており、トーンハウス学院の生徒たちも次第にその脅威を忘れている。

「舞踏会？」

「そうですの」

ある日の昼休み。暖房の利いた食堂でランチをとっていたモニカとアルギュロスのもとに駆け寄ってきたヘリオローズは、傍らの席にフィーネと並んで座りながら前触れもなく言った。

「もうすぐ我が校の創立記念日がやってくるでしょう？　そのときに大広間で学科混合の舞踏会が開かれるらしいんですの」

「俺も聞いたな、その話。たぶん設営とか手伝うことになる」

「へえ」

楽しそうな話題であるが、切り出したヘリオローズの表情はどこかムカムカしているように見える。

その様子をアルギュロスも疑問に思ったのか、奥の席にいるフィーネに視線を飛ばして代弁を求めた。

「パートナーを探すのに苦労してるんだ、リオちゃん」

「ブハッ！」

「そこ！　笑うような話はしてないですわよ！」

横でやり取りを聞きながらモニカも小さく失笑した。

整った顔立ちといい、出るところの出たプロポーションといい、ヘリオローズは容姿だけを見れば間違いなく美人と称されるものを持っている。その魅力を打ち消してしまうくらいの意地っ張りが玉に瑕《きず》なのだが。

「こういうときに日頃の行いが出るんだよなぁ」

「うるっさいですわね！　そもそもわたくしはダレン様以外の男と手を取り合うようなことをするつもりはありませんの！」

「またそれだ。だからね、ダレンって君が言うほどカッコイイ人間じゃ――――」

「「ダレン（様）を侮辱すんな‼」」

「あぇ……っ⁉　す、すみません………」

瞬時に二つの矛先が向けられ、その気迫に思わず萎縮してしまうモニカ。

ヘリオローズはともかく、実際にダレンに命を救われたアルギュロスの前では下手なことを口にするものではない。ありがたいことに彼は純粋な尊敬を抱いてくれているのだから、隣にいるときくらいは胸を張るとしよう。

「……けど、それで何を悩んでるの？　ダンスって絶対に参加しなくちゃいけないもの？」

「いや、自由参加だったはずだ。踊るのが嫌なら早めに切り上げて帰ればいいだろ」

「さいっこうにして至高のわたくしが独り寂しく舞踏会に背を向けるなんてあり得ませんの」

「めんどくせ〜」

「じゃあフィーネと踊るとか？　ドレス同士ってのも映えそうだよねえ」

「あはは……かなり浮きそうだけど」

「よくぞ聞いてくれましたわ！」

「むごっ⁉」

ミートパイを口へ放り込んだ直後、身を乗り出してきたヘリオローズに気圧《けお》されて仰《の》け反《ぞ》るモニカ。

固まったままの彼女に顔を接近させながら、ヘリオローズは瞳を輝かせて続ける。

「そこでわたくし気づきましたの！　愚かにも女性でありながら騎士学科に所属している生徒が近くにいることに！」

「いるね～……………え、なに、僕と組みたいって話？」

「もうそれしか手はありませんの！　不本意ですが誘ってさしあげますわ！　光栄に思いなさい！」

「え、ええ～……僕べつにそういうのは………………」

ふとモニカの頭に浮かんできたのはスーツを着た自分がドレスを身にまとうヘリオローズとステップを踏んでいる想像図。

……柄じゃない。そもそも女性をエスコートした経験なんてほぼないに等しい。ダンスに関しては言うまでもない。

「アルと踊るのはどう？」

「『無理』」

「そんなに？」

「誰がこんな銀紙と」

「そもそも俺は運営の方でそんな暇なくなるだろうしな。……銀紙？」

「じゃあやっぱりフィーネと――――」

「ええいごちゃごちゃ言うなですわ！　仮にも騎士を名乗るのなら淑女の誘いは無下に扱うんじゃねえですの！　はい決定！　確定！　欽定《きんてい》ですわ～っ！」

「ち、ちょっと！」

プレートに残っていた昼食を一瞬で食べ終えたかと思えば言いながらその場を後にするヘリオローズ。

残されたフィーネは申し訳なさそうな微笑みを見せながらモニカに小さく頭を下げた。

「リオちゃんがごめんね………」

「ううん」

「結局どうするんだ？」

「まあ特に予定を考えてたわけじゃないし……お受けしようかな。ルームメイトとして親睦も深められるだろうし」

「そうか。頑張れ」

「あはは……ありがとうモニカちゃん。後でリオちゃんにも伝えてあげてね。ああ見えて誘うのにすごく緊張してたみたいだから」

「え、そうなんだ。可愛《かわい》いところあるじゃん」

「……話は変わるんだけど」

少し遅れて昼食を平らげ、品のある所作でプレートを持ち席を立ったフィーネがモニカへ投げかける。

「今日の放課後、時間あるかな。二人きりで話したいことがあるんだ」

「今日の……？　うん、いいよ。放課後だね。楽しみにしてる」

そばでその会話を聞いていたアルギュロスは別段反応を示すことなく卵スープの残りをつついている。

しかし言葉を交わした両者の間には、霧がかったような奇妙な緊張が漂っていた。


「アルギュロス候補生、ここにいたか」

図書館一階の広間に設置されている大テーブル、その端の席でひとり読書に耽《ふけ》っていたアルギュロスの横に大柄な生徒が歩み寄った。

「ローグ、どうかしたのか？」

「舞踏会の実行委員がお前を捜していた。上級生が急な任務に駆り出されることになったので、今日の会議は中止だと」

「そうか、言伝《ことづて》ありがとう」

「……まだこの前の事件を気にしているのか？」

ふとアルギュロスが開いていた楽譜集に目を落とし、ローグは訝《いぶか》しむような調子でこぼす。

依然として書物から目を離さないまま「ああ」とだけ返す友人に対し、小さくため息をつきながら彼は続けた。

「グランテッド候補生が言っていたことなら忘れろ。街の騎士団《ギルド》も外道士が関わっている可能性を考慮して調査したが、それらしき手がかりは見つからなかったという話だったろう」

「あれから随分経《た》つんだ、今更犯人探しをするつもりはねえよ」

「では何をそこまで必死になっている？」

ディンブラによる襲撃事件の話題は校内でも風化しかけており、最近は複数のディソナンスが街の周辺で確認されることから何らかの要因で活発になった個体があの日舞い込んできたというのが世間の見解になっていた。

だがアルギュロスはまだ胸に何かが引っかかっているようで、暇さえあれば図書館へ来て神奏術にまつわる蔵書を漁《あさ》っているのである。

「……べつに、ただの勉強だよ。知識はいくら身につけても困らないからな」

「貴殿のような奴《やつ》は、自分を誤魔化すための口実すら下手なのだな」

「なに？」

「グランテッド候補生が来てから焦《あせ》りを覚えた生徒は多い。その感情自体は否定しないが、身の丈に合った行動をしなければ待っているのは破滅だぞ」

「お前までそんなことを……。あのなぁ、みんなよくモニカモニカ言うけど、あいつを言い訳に使うんじゃねえよ。それに『身の丈に合った成長』なんかない。自分をひとつの枠に押し込めたままで前に進めるかよ」

「そんなものは状況によって変わる。死んでしまっては成長もできないからな」

「死なない程度に無茶するだけさ」

「まったく……。伝えるべきことは伝えたぞ」

そう言ってローグは踵《きびす》を返《かえ》してその場から去ろうとする。アルギュロスも同級生から説教なんて聞きたくなかったので、特に引き止めることはなかった。

「――待て」

だが次の瞬間、咄嗟《とっさ》に声が漏れていた。

「なんだ」

「お前、さっき最初になんて言ったっけ？」

「最初……実行委員会の会議がなくなったと貴殿に伝えたな」

「そうだ、それだ。理由は？」

「上級生の先輩方が任務で駆り出されるからだ。詳しいことはわからないが……おそらくまたディソナンス絡《がら》みじゃないか？　最近多いだろう」

突然の問いかけに戸惑いながらもローグが答える。

明確な疑問が浮かんできたわけじゃない。だがアルギュロスの胸に渦巻く違和感は、そのとき取るべき行動を教えてくれているようにも感じた。

神奏学科騎士学科問わず、三年生や四年生にもなると現役の術士や騎士と遜色ない実力を持った生徒も現れる。

そのような人材は学院を通して政府や騎士団へ名前が伝わり、人手が足りない場合などに臨時のライセンスが発行され任務への参加要請がかかるのだ。

近頃は活発化している街周辺のディソナンスたちに対応するため、今回のような事態が起こるのも珍しくはなかった。

違和感を覚える部分があるとすれば、それはタ、イ、ミ、ン、グ、だろう。

「ああ、いや……ごめん、なんでもない。引き止めて悪かったな」

「……どうかしたのか？」

怪訝《けげん》な表情を浮かべたローグが背を向けて今度こそ立ち去る。

それを見送りながら、アルギュロスは喩《たと》えようのない不安に襲われ奥歯を噛《か》み締《し》めていた。

自分は勘がいい方だと自負するつもりはないが、胸に引っかかりがあるときは決まって嫌な予感が的中してしまう気がしてならない。

（意思を持たないはずの〝ディソナンス〟が活発になるなんて……よく考えればその時点でおかしい）

明確な自我を持たない存在にしては余りにも生物的すぎる行動だと、これまでの自分なら気にも留めなかった疑念が芽生えている。

だが『ディンブラ襲撃事件』を経た今、その可能性はやはり捨て切れない。

自我のない〝ディソナンス〟に何かしらの意思が介入することがあるとしたら、それはやはり――――

「――――ッ！」

その考えに至った途端、同じ脅威を感じていた友を目指してアルギュロスは駆け出していた。

●

日が沈みかけた夕さりの空の下、街の広場にあるベンチにモニカはひとり腰を下ろして地面を見つめていた。

トーンハウス学院の制服は防寒性にも優れているらしく、息が微《かす》かに白くなる気温でも上着を羽織る必要はなかった。

動きやすくていい。これから起こるかもしれない何かに密《ひそ》かに怯《おび》えながら、モニカはそんなことを考えていた。

「待たせちゃってごめん！」

ここまで走って来たのか、跳ねるように声を上ずらせて待ち人は現れた。

「ううん、大丈夫」

「寒かったでしょう？　ココア持ってきたの、よかったらどうぞ」

「わあ、ありがとう！」

普段と同じ神奏学科の制服を身につけたフィーネは肩を上下させながらモニカの隣に腰

かける。

抱えていた魔法瓶からカップへチョコレート色の液体を注ぐと、彼女は温かい笑顔でそれを同級生へと手渡した。

火傷《やけど》しないようそっと口へ運ぶと、甘い香りとともにモニカの体の中でじんわりとした温度が広がる。美味《おい》しかった。

「もうすっかり寒くなったね。『ポダッカ』ほどではないけど」

「向こうはこの時期だとかなり気温が下がるからね。それこそ肌を刺されるみたいな寒さだったよ」

「そうだね。慣れちゃったらこれくらいは我慢できるようになるから。あっちはもう……丸くなるまで厚着しないと。すっごく冷えて、自然が寂しがってるみたい」

「ん……もしかしてフィーネ、『ポダッカ』出身だったり？」

何気ないやり取りの途中で時折ココアに口をつけつつ、モニカは目の前を行き交う人々の波を眺めながら続けた。

「あれ、言ってなかったかな？　実はそうなの」

「へえ！　向こうからトーンハウスに……。生徒の中じゃあんまり聞かないね」

「うん。だから入学したばかりの頃は心細くて……。そんな中でリオちゃんと仲良くなれたのは本当に安心したなぁ」

「実は僕も『ポダッカ』から来たんだ」

「えっ、そうなの⁉　言ってよ！」

「なかなかそういう話題になることなかったから……」

騎士、術士を育成するトーンハウス学院やヘリュッセル学園の生徒は大陸中間区域である『セーニョ』出身が殆《ほとん》どだ。これは単に総人口における割合と立地も関係しているが、『ポダッカ』出身が珍しいのはその少ない人口と比較的貧しい生活レベルが最も大きな要因だろう。

孤児院出身のモニカがトーンハウスに入学できたのは試験においてずば抜けて優秀な成績を残した故。いわゆる特待生のような位置付けだ。

寮の家賃や制服代も学院持ち。授業で用いる剣に関しては他人から受け継いだものであり、そう考えると入学するにあたって孤児院から出してもらっている費用は日々の食事代くらいのものである。

「でもそっかぁ……なんか安心するな、こういうの」

それならばもしかして同郷であるフィーネも――――という質問は、敢《あ》えてしなかった。

「もしかしたら……前にもどこかで会ってるかもね、僕たち」

「ふふ、そうだね」

互いに微笑《ほほえ》み、柔和な空気がふたりを囲む。その光景を見た誰もがつられて表情を綻ばせてしまうような、穏やかな掛け合いがしばしの間続いた。

「最近、神奏学科では変わったこととかある？」

「うーん……これといったものは。リオちゃんがようやく腕立て伏せ十回以上できるようになったくらいかな」

「すごい！」

同級生のこと。

「そういえば春とか夏の間ってどんな感じだったの？　何かイベントとかあった？」

「ヘリュッセル学園との交流行事があったかな。メンバーを選抜して模擬戦するの。さすがに一年生は誰も選ばれなかったみたいだけど……」

「へえ！」

自分が知らない学院生活のこと。

会話を繋《つな》げられるのならなんでもよかった。

モニカは思いついた端からフィーネへなんてことのない話題を振り、できるだけこの時間が保てるよう尽力した。

「そういえば、話したいことっていうのはね」

やがてフィーネの方から切り出したことで、浴びせかけるようなモニカの問いかけは途絶えた。

忘れかけていた空気の冷たさが再び肌を突いてくる。

気を紛らわそうとモニカが呷《あお》ったカップの中には、フィーネが注いでくれたココアはもう残っていなかった。

「変なこと言ってたらごめんね」

「うん」

「――モニカちゃん、わたしに何か聞きたいことがあるんじゃないかなって」

決意を固めてもなお踏み出しきれなかったモニカの一歩。その背中を押し出すように、フィーネはさらりと言い放った。

「え？」

にこにこと穏やかに笑うフィーネはまとう雰囲気をそのままに、隣り合うモニカは逆に狼狽《うろた》え始める。

端から聞けば意味不明に思えるフィーネの質問はたった一人、この場にいるモニカにだけ理解することができた。

——以前夢の中で見た、本来の「モニカ」の記憶。そこで彼女と会話していたのはどういうわけか、幼き日のフィーネその人だった。

かつてのフィーネは本当の「モニカ」と同じ孤児院で生活を共にしていたようで、当然「モニカ」とは顔見知りのはず。つまり最初から学院に編入してきたモニカが本当の「モニカ」ではないことに気づいていながら、今日まで共に時間を過ごしていたことになる。

モニカは本来それを知った時点でその理由を尋ね、フィーネが何を考えてこれまで普通の同級生として振る舞っていたのか、はっきりさせるべきだった。

フィーネがこうして自分を呼び出したときから、不思議とこうなるのではないかという予感はあった。彼女の方はとっくに覚悟を決めてきているのだろう。

まともに顔を合わせられない。

フィーネはすべてを見透かしているような眼差《まなざ》しで、額に汗をにじませるモニカを見守っている。

もう逃げられない。モニカがそう悟るのに時間はかからなかった。

永遠にも思えるような静寂の後、かき集めた気力でなんとかモニカは声を発した。

「——わっ……わけわかんないと思われるかもしれないけど、少し前から夢の中に君が出てくるようになったんだ。本来の『モニカ』と話をしている君が……。もちろん確証はないけど、たぶんアレは体に刻まれてる記憶だと僕は考えてて……それで……」

以前から話すことの整理はつけていたはずなのに、しどろもどろになってしまう。

「君は僕が本当の『モニカ』じゃないって気がついてたんじゃないか？　……本当の『モニカ』は、僕よりずっと物静かな子で……。君たちは何度も言葉を交わして、一緒に神奏術の研究もしたりして……それが何かはわからないけど、大きな目的を達成しようとしていた」

言葉の切れ目で深く息を吸いながら顔を上げると、依然として微かな笑みを見せるフィーネが目に入る。

その瞳の奥にある感情は未《いま》だに読み取れない。

「……夢の中で見たことが過去にあった現実の光景なら……僕が学院に編入してからの振る舞いに、当然君は疑問を抱くはずだ。それなのに君は……なぜか……まるで『モニカ』と会うのが初めてみたいに……っ。——僕、おかしなこと言ってるかな⁉」

「わたしはさっきから」

緩やかだったフィーネの顔から笑みが消え去っている。

「おかしいだなんて、一言も言ってないけど」

偽りの感情を捨て、ベールを取り剝がしたように無の表情が浮かび上がるのを見て、モニカはせり上がるような吐き気を覚えた。

「……どうして、今まで何も言わなかったの？」

詰まりそうになった息を継ぎ、辛《かろ》うじて絞り出した声を投げる。

「知りたかったから。モニカちゃんの中に誰がいるのか。……まあ、リオちゃんたちとの模擬戦でそれはすぐにわかっちゃったけど」

手にしていた空のカップをベンチへ置き、フィーネはゆっくりとその場で立ち上がった。

その横顔からは窮屈なところから抜け出したような解放感がにじみ出ている。

「そっちこそなんですぐに問い詰めなかったの？　なんとなく分かってたんじゃない？

わたしが何か企《たくら》んでるって」

「君を信じたかったから。……今まで一緒に過ごした時間が嘘《うそ》だって、思いたくなかったから」

青ざめた表情で呟《つぶや》くモニカとは正反対に、寝覚めのいい朝を迎えたように全身を伸ばしながら、フィーネはモニカへ語りかけた。

「ちなみに言うとね、学院にディンブラを放ったのもわたしなんだ」

フィーネにとってそれが友人同士で交わされる世間話と同等であるかのように、彼女はあまりにも些事《さじ》な物言いで告げてくる。

一瞬、モニカもそれがただの雑談であると錯覚してしまいそうになった。

恐れとともに、「やるべきこと」がモニカの脳内を横断する。

「……目的はなに？」

「なんだと思う？」

「わからない。あの日ディンブラが学院に現れて……何かが変わったわけでもないし」

「それはそうだよ。わたしが成し遂げたいのは、まだまだ先にあることだから」

「……そもそもどうやってあの場にディンブラを呼び出したの？」

モニカの質問に対し、指先で顎に触れながら「んー」とフィーネは首を傾ける。

「見た方が早いよ、たぶん」

返答とともに物理的な衝撃がモニカの体を貫く。

フィーネの相槌《あいづち》と同時にモニカの視界を覆い尽くした黒色は、瞬刻の間に吹奏剣《すいそうけん》を抜いて防御の姿勢をとった彼女の体を、埃《ほこり》を払うかのように軽々と吹き飛ばした。

「あ……っ……!?」

後方にあった建物の外壁に叩《たた》きつけられたモニカは、ひどく混乱した様子で瓦礫《がれき》の中から剣を杖《つえ》代わりにして立ち上がる。

背中を強く打った。衝撃が続いている。うまく体を動かせない。

「――――キャハッ！」

ぐるぐると回る視界を凝らして前方を見ると、フィーネの右腕はどす黒く変色し、彼女自身の倍はあるであろう大きさにまで肥大化していた。

――いや、増殖と表現した方がいいかもしれない。フィーネの体の中からヘドロに似た何かが溢《あふ》れ出《だ》し、その黒い物質は禍々《まがまが》しい巨腕の像を結んでいる。

「なんだ……!?」

「すごい音がしたぞ！」

「なにあれ!?」

広場にいた人々が騒音を聞きつけて周囲に集まってくる。

「ぎ、騎士団《ギルド》へ通報を……！」

そのうちの誰かが変貌したフィーネの体を見て叫んだ。

右半身から黒い何かを垂れ流しながら、フィーネはふと周りを見渡して不気味な笑みをこぼす。学院生活を共に過ごした彼女の姿はどこにもなかった。

「本当はもっと人が集まる場所で暴れようと思ってたけど……モニカちゃんが悪いんだよ？　わたしをあんなにイライラさせるから」

「……!?」

「もっと話しやすく……二人きりになれるよう、お掃除してあげる」

瞬間、モニカは絶句した。

フィーネの背中から湧き出たのは彼女の右半身を覆っているものと同じ、黒い液体のような悍《おぞ》ましい気配を放つ物質。

源泉から噴き出る湯水のように周囲の地面を覆い尽くしたそれは、フィーネの背後で徐々に複数体の巨影を築き上げていく。

モニカはその黒い巨体に見覚えがあった。

「〝ディンブラ〟……？　いや、それだけじゃ……！」

フィーネの体から噴出した物質が最終的に形作ったのは人類の天敵〝ディソナンス〟の姿だった。

以前学院に現れた猪《いのしし》型の〝ディンブラ〟に加え、蟷螂《かまきり》を思わせる両腕の刃が特徴的な

〝ニルギリ〟、蛸《たこ》のような無数の触手を備えた〝ドアーズ〟、液状の体を持った〝キャンディ〟……。

ピアニシモに留《とど》まらない、ピアノレートやフォルテレートの〝ディソナンス〟も確認できた。

「学院に現れたディンブラもこの力で生み出していたのか……！　――君は一体何なんだ……フィーネッ！」

「綺麗《きれい》にして」

フィーネが発した一言に呼応するように〝ディソナンス〟たちは動きだす。

蜘蛛《くも》の子を散らすように逃げ惑う人々の背中を狙い、ただそれらの命を刈り取るために地を駆けた。

「やめろ！」

「人の心配してる場合じゃないよね？」

そう口にしたフィーネが巨大な右の手のひらをモニカへ突き出すと、彼女を飲み込む勢いでその大木のような腕が伸びる。

さながら大地の怒りを体現した火山の噴火。

波のように押し寄せるそれは直前で回避したモニカを追うように折れ曲がり、広場を駆け回る彼女を押し潰さんとする。

もはや人間を相手にしている感覚ではなかった。

腕から逃げる足にブレーキをかけ、握りしめていた吹奏剣を後ろへ引く。

「――単発技法！」

「《ウノボルテ》！」

無演奏による《加速の譜面》を発動させながらの刺突技。

真横から迫る巨腕を横目に前方へ跳躍したモニカは、列車の如《ごと》き速度をまといながらフィーネの右腕付け根へと切っ先を繰り出した。

衝突後、パァン！　と空気が破裂したような音が拡散する。

「プッ……なに、それ？」

「……っ」

手応えはなかった。目標部位に刃が届く直前、フィーネの胸元から溢れ出した黒い液体が即席の盾となってモニカの剣技を防いだのだ。

「痛くも痒《かゆ》くも……ないんだけど！」

「ッ――――――!?」

狼狽《ろうばい》するモニカの顔面に、先ほどの右腕同様巨大化したフィーネの左手の拳が突き刺さる。

　またしても吹き飛ばされたモニカは体のあちこちを地面に強打させながら、十数メルー先にあった建造物に激突したことでようやく静止した。

「ガハ…………ッ！」

　強打した頭部から伝う血が視界の左半分を覆っている。

　喉と鼻腔《びこう》が鉄の匂いで満たされ、そこから流れ出る赤色が石畳の地面を痛々しく彩《いろど》った。

「はあああぁぁぁぁ…………ステキ。思い切り力を振るうことが、こんなに気持ちいいなんて。もう戻れないなぁ」

　恍惚《こうこつ》とした顔で自分の体を埋め尽くす漆黒を愛撫《あいぶ》するフィーネ。

　どくどくと脈を打っているその物質は、それ自体が別の生き物として成立しているようにも見えた。

「ゲホッ！　ゲホッ！　……どういうこと？　君のそれ……！　さっきの〝ディソナンス〟たちは……っ！」

「これはわたしの新しい体。わたしに生きる希望を与えてくれる――――唯一の光！」

　フィーネが全身を捻《ひね》りながら右の巨腕を横薙《な》ぎに振るい、付近に並び立っていた建物を倒壊させながらモニカを捉えようとする。

夥《おびただ》しく流れる顔面の血を拭う暇もなく畳み掛けられる追撃に冷や汗をにじませつつ、モニカは傍《かたわ》らの屋根まで跳躍すると、一定の距離を保ちつつフィーネを中心として円を描くように移動を始めた。

（まずい、まずい……！　近頃街の騎士団は外で大量発生しているディソナンスに手一杯だって聞く。フィーネが体から放ったディソナンスに対応できる人員がいない……！　一刻も早く彼女を無力化しないと！）

フィーネの体から出てきた〝ディソナンス〟は今自立して人々を襲っているのか？

フィーネ本人を倒すことで彼女から発生した奴らは消滅する？

これらの予想が当たっているいないに拘《かかわ》らず、人手が足りない現状では一秒でも早くこの場を制圧しなければ民間人に犠牲が出てしまうのは明らかだ。

「単発技法ォ……ッ」

地面に降り立った直後、体勢を低くとり即座に先と同じ《ウノボルテ》を放つ。

「……！」

だが今度はフィーネを狙ったものではなかった。直前で静止したモニカに対し、彼女の顔が驚愕《きょうがく》に染まる。

「《ウノボルテ・リピート》！」

刹那、再び爆発的な脚力で突進を仕掛けたモニカの剣が、フィーネの脇腹付近を貫いた。

同じ剣技を連続で発動させる技術、《反復《リピート》》。モニカがタイミングをずらして解放した二撃目の《ウノボルテ》はフィーネが黒い物質での防御を行う前に彼女の体に傷をつけてみせた。

「あ……っ……！」

鋭い痛みに表情を歪《ゆが》めたフィーネが体を曲げる。

しかしその背後で気を緩めることなく吹奏剣を構え直したモニカは、眼前で起きた信じられない光景に目を剝《む》くこととなる。

「……！　治っ……てる？」

たった今フィーネに刻みつけた脇腹の傷が、黒い繊維のようなもので塞がれていく。

「……キャハッ！」

瞬《また》く間《ま》に完治してしまったそれを呆然《ぼうぜん》と眺めているモニカに対し、フィーネは揺らめくように振り返りながら言った。

「意味ないよ、全部。人間なんかに勝てるわけない。あなたたちがどう足搔《あが》いても踏み潰されちゃうような、絶対的な存在に……わたしは成ったの」

「その再生能力――まさか……っ！」

「キャハハハハハッ！」

両腕にまとわせていた巨大な黒を塵《ちり》と化し、続いて鎌状の刃を右手に出現させながらフィーネはモニカへ肉薄した。

「だいたいわかったんじゃないかなぁ!? わたしの中にいるこの子が何なのか！」

動揺と痛みで鈍る腕に力を込め、モニカはフィーネの繰り出す鎌を吹奏剣《すいそうけん》で迎撃しながら記憶の中の情報を探り始めた。

フィーネの体を治癒した再生能力は間違いなく〝ディソナンス〟と同じもの。だがその速度が桁違いだった。

通常確認されている種のどれにも当てはまらない。どちらかといえば学院に現れた特殊な〝ディンブラ〟に近い力だと言える。

「――ハハッ！」

「ぐっ……！」

斬撃の合間を縫って突き出されたフィーネの蹴りがモニカの腹部に触れ、ゼロ距離から膨れ上がった黒い物質が彼女を搦《から》め捕りながら後方の家屋へと突貫させた。

「っ……！　ゲホッ！　ゲホゲホッ！　ガハッ……！」

外壁を突き破り無人の屋内に転がったモニカは、内臓の中を暴れ回るような痛みに血を吐き出しながらも状況を分析する。

戦闘が始まってからフィーネが操っている黒い物質――あれはおそらく一瞬で細胞増殖を行うことで変幻自在の肉体を構築している。当然だが人間業ではない。

そこから導き出される結論は――

「わたしね、昔から非力で……いつも誰かに虐《いじ》められてた」

足元に散乱する硝子《ガラス》や瓦礫《がれき》を蹴飛ばしながら、土煙の中を悠々と歩きフィーネは口を開く。

「人が嫌いだったんだ。ひとりで生きていけない、必ず誰かと繋《つな》がりを持たなくちゃ前へ進めない窮屈で息苦しい生き物。……そんなのがわたしは嫌だった。だから思ったの、身一つでこの世界を生きられるような強い存在に生まれ変わりたいって」

蹲《うずくま》っているモニカの前で立ち止まり、傷ついた彼女の顔を見下ろしながら続ける。

「強いものに生まれ変われば誰かに叩《たた》かれて痛い思いをすることもなくなるし、お父さんのご機嫌をとる必要もなくなる。何もかも嫌になって、みんなナイフでズタズタにしちゃおうって思ったときでも、やり返される心配もしなくていい。他の誰かの目を気にしなくて済む」

「うぁ…………」

膝を折りながらモニカの前髪を摑《つか》み上げて強引に目線を合わせたフィーネは、底知れない冷たさを内包した眼差《まなざ》しで彼女を射抜いた。

「嫌い、嫌い、嫌い……うじゃうじゃ群れる人たち。学校の子たちもみんな。騎士だの神《しん》奏術士《そうじゅつし》だの、どいつもこいつも馬鹿じゃないの？　立派な人間になって誰かに尽くしたいとか、気持ち悪くてしょうがないの」

「っ…………」

ほとんど独り言のように語った後、異臭を放つ汚物でも見るような瞳をモニカへ向ける。

「わたしが心の底から憧れたのは、騎士でも術士でもない。独りきりで世界を渡れる力を持った怪物――〝ディソナンス〟こそがわたしの目指す星だった。……だからずっと頑張ってきたの、どうにかしてそうなれないかなって」

「それで……ディソナンスの細胞を自分に移植したって言うのか……!?　そんなこと……！」

「もちろん簡単じゃなかった。実際、拒絶反応を抑えながらこうやって人体を使って実現できるようになったのは最近のことだし。……トーンハウスは国中の知識が集まる場所だから、研究に必要な情報はたくさん手に入ったよ」

「……馬鹿げてる！」

モニカの背筋に凍りつくような悪寒《おかん》が走った。

フィーネは最初から、彼女が言う「研究」のためだけにトーンハウス学院に入学したんだ。寮で見せた笑顔も、作ってくれたサンドイッチも夕食もクッキーも、全部何気ない普通の生徒を演じるための小道具にすぎなかった。

「『馬鹿げてる』……？　――キャハッ！　そうだね、そうかも！　でもそれって、『本当のモニカちゃん』にも言えることじゃないかなぁ？」

「……!?　なんだっ――――」

フィーネの左脚に漆黒が走ったのを見て、モニカが即座に吹奏剣を横へ構えて防御体勢をとる。

直後に刃へぶつかったのは砲弾でも飛んできたかのような重たい蹴撃。

ヒトの枠組みからかけ離れた力を至近距離で受けたモニカの体は幾度目かの飛揚を見せ、民家の壁を突き破って再び外へと放り投げられた。

「づ………っ」

痛みと衝撃で飛びかけている意識を叩き起こしながらモニカは立ち上がる。

神奏術を発動する暇がない。

（……クソッ）

現状モニカが無演奏で発動できる術はかなり限られている。戦闘で使えるものといえば運動速度を上げる《加速の譜面》や防御に使える《耐久の譜面》くらいだが、後者に関してはまだイメージが不安定故に咄嗟《とっさ》の状況で成功させられるかは未知数だ。

総合力を上昇させる《強化の譜面》に関してはそれらよりもイメージの具体性に欠けるため、そもそも無演奏での発動はできないでいる。かつてダレン——男であった時に用いていた〝呼応力《こおうりょく》〟の覚醒は呼吸をするように自然に発動できていたため神奏術とは勝手が違う。参考にはできない。

せめて時間を稼げる《防壁の譜面》を演奏できる隙さえあればいいのだが、フィーネの人間離れした膂力《りょりょく》を見るに曲を完遂する前に防壁が破られる可能性の方が高い。

「フフ、フフフフフ……！　よわよわだねぇ～！　かわいそう！　そんなんじゃ『本当のモニカちゃん』が浮かばれないよ？」

「……さっきからそうやって…………」

煽《あお》るような目を飛ばしてくるフィーネに対し、鋭利な視線で返すモニカ。

「『モニカ』は僕の命を救ってくれた恩人だ。軽々しく彼女の名前を口にするな……狂人！」

「狂人だなんてひどい！　けどわたしが狂っているのなら、やっぱり『モニカちゃん』も狂ってるよ。……あなたがそうなったのは神奏術の影響だってことはもう気づいてるでしょう、〝騎士ダレン〟さん？」

「……！」

「なに今更驚いてるの？　中にいるのが誰なのかわかってるって、さっき言ったじゃない」

くすくすと笑いながら喋《しゃべ》り続けるフィーネの姿は、禍々《まがまが》しい漆黒をまとう様相も相まってまさに悪魔そのものだった。

「──わたしと『モニカちゃん』はね、それぞれ〝なりたいもの〟があったの。それを実現するために作ったのが、あなたをそんな風にした《譜面》。そういえば名前は付けていなかったけれど……わたしたちは理想の体を得るために、あの曲を作り上げた」

「理想の……体？」

「そう」

再び噴火を思わせる勢いで膨れ上がったフィーネの黒い右腕が周囲を更地にしながら振るわれ、跳躍と回避を繰り返しながらモニカは彼女の言葉を聞き拾う。

「わたしは〝ディソナンス〟に、そして『モニカちゃん』はたぶん〝最強の騎士〟に成ることを夢見て研究に没頭してた。あの《譜面》はわたしたちが強く憧れるものの肉体に、自分自身の魂を植え付けるために作曲された神奏術だったんだよ」

「なっ……⁉　そんなバカな！　じゃあどうして今、僕はこんな……ッ！」

「さあ？　その辺は本人に聞かないとだけど……当初の予定が狂う事件が起きたのは確かだよ」

「事件……？」

「あなたが知らないはずないでしょう、〝英雄〟さん？　わたしの希望を打ち砕いたこと、忘れたとは言わせないよ……ッ！」

「……！」

右と左、両サイドから迫り来る巨腕めがけてモニカは咄嗟に単発技法《エネルジコサークル》による回転切りで防ぐ。

着地し、息を整えながらフィーネを睨《にら》みつけたモニカの表情からは余裕など消え去っている。もはや動揺を抑え込むのに精一杯だった。

「〝ディザストロ侵攻〟。この国に住んでるなら知らない人間なんていない。歴史上最凶、本来四段階しかない脅威度の五段階目――フォルテシッシモレートに唯一認定された、正真正銘の化け物が現れた事件。……わたしにとっては、歓喜の対象だったけど」

「……まさか」

「そう、〝最強のディソナンス〟と〝最強の騎士〟が揃《そろ》った日。わたしたちの狙いはあの瞬間だった」

落としそうになった剣の柄にもう一方の手を添える。

自分のものではない心臓の鼓動が速くなるのが、モニカにははっきり分かった。

「でもダメだった。ようやく理想を実現するときが来たって思ったのに……あなたたちの体はどっちも壊れちゃった。相討ちだなんて、わたしたちにとっては最悪の結末だったから……あの時は本当に悲しかったんだよ？」

「……じゃあ君のその体は」

「だからって諦めることはできなかったから、わたしはその前から独自に研究していた方法で『ディソナンスに成る』理想を叶《かな》えようとした。……あの場に残ってた〝ディザストロ〟の細胞を回収して、それを取り込もうとしたの」

瞬間、モニカの中で全てのピースが正解へと組み上がっていった。

戦闘が始まってから違和感はあった。そこらの〝ディソナンス〟の細胞を移植したとしても、自在に他の〝ディソナンス〟の複製体を生み出して操るだなんて芸当ができるとは思えない。

だが〝ディザストロ〟の細胞ならば話は違う。

奴《やつ》が政府の最高戦力すら敵《かな》わない怪物と化してしまった理由は、その桁外れの耐久力と再生力に加え――他の〝ディソナンス〟を取り込むことでその能力をも獲得できるという点にあったからだ。

……おそらくフィーネが街に放った〝ディソナンス〟たちはその再現。細胞の中にあった記憶に形を与えて顕現させているということだろう。

「ここまで到達するのにすごく苦労したなぁ……。あの戦いの後は孤児院に戻らないで、外道士の協力者を探して、勉強して、神奏術の練習もして、ようやくトーンハウスに入学するまで漕《こ》ぎ着《つ》けた。みんなが騎士や術士になるために頑張ってる中で、わたしはもっと大きなものを見据えてた。だからさ――邪魔しないでよね」

「ぐっ…………!」

フィーネの背中から伸びた鋭い触手が無数の槍《やり》となってモニカへ殺到する。

蛸《たこ》型の〝ディソナンス〟である〝ドアーズ〟の動きを模倣した攻撃だ。

「十連技法《ツェンボルテ》！」

モニカはそれらを目視で斬り落とし、こぼれた刺突を避けながら人が少ない方向を目指して再度その場から駆け出した。

その背後に食らいつき、フィーネは間髪入れることなく巨大な腕による打撃、大鎌による斬撃を続けて叩《たた》き込んでいく。

「ディザストロと一緒になってからねぇ！　ずっとあなたのことが頭から離れないの！キャハッ！　この子あなたが大好きみたい！　もっと戦おうもっと殺し合おうって、そう言ってるんだよ！」

「ふざけたことを……！」

「あなたには聞こえないの⁉　残念！　じゃあ死んじゃいなよ！　生きてる価値……ないからさァッ！」

さっきまでとは比較にならないほど、フィーネの拳は上空で巨大に膨れ上がっていく。

空を埋め尽くすような漆黒を見上げつつ、モニカは吹奏剣《すいそうけん》を回すようにして逆手に持ち替えると後方へ全力で退避した。

「うあ…………っ！」

飛行船でも墜落したかのような爆撃じみた衝撃が背後で炸裂《さくれつ》し、モニカの矮軀《わいく》が低空に浮かび上がる。

「――――フィーネの過去になにがあったのか、本当の『モニカ』がどんな人間だったのか……今はそんなことどうでもいい！」

石畳の上で転がりながらもすぐさま体勢を立て直したモニカは、吹奏剣を握る手にさらなる力を込めて言い放った。

「どんな理由があっても、私欲のために関係ない人々を危険に曝《さら》した時点で君はただの犯罪者だ！　ヒトであることを捨てて道を違えるというのなら……！　──フィーネ＝ピカロ！　君をこの国に仇《あだ》なす者……〝外道士〟と認定し！　僕はひとりの騎士として……その責務を果たさせてもらう‼」

「──そういうのが気持ち悪いって…………言ってんだよッ‼」

ディソナンス相当の脚力を発揮し、烈風を巻き起こしながら突っ込んでくるフィーネ。

冷静さを欠いた単調な動きだ。

（……落ち着け。調整を誤るな）

間合いに入った瞬間、自身が持つ最高の剣技で迎え撃つ。

強すぎても弱すぎてもダメだ。出力を調節し、フィーネを殺さずに済む程度の最大火力で彼女を無力化する。

──できるだろうか。チャンスは一度。失敗すればカウンターの直撃を受けてこちらの命はないだろう。

（……いや、やるんだ）

それ以外の選択肢はない。

この場で成功させなければ、フィーネを止めなければ……大勢の犠牲者が出てしまう。

リスクを背負ってでもやらなくちゃならない。なぜなら今この場で対抗できる存在は、
ただ一人の騎士は————！

「——僕なんだからッ！」

腰を低く落としつつ、吹奏剣を背後へ回すようにして構える。

全身の筋繊維と骨を総動員させろ。ただ目の前の敵を討つために。

時間が止まるような集中の最中、モニカは肉薄するフィーネめがけて剣を振————

「十五連技法」

瞬間、豪雪が吹き荒れた。

モニカを守るように乱入してきたその人影は、腰から引き抜いた白銀の剣で十五の軌跡と音を奏《かな》でていく。

「——《ダイヤモンド・トルメンタ》！」

フィーネに叩き込まれた十五発の斬撃。それはディザストロの細胞によって強度を増し

た肉体の内部へダメージを通し、最後に腹部へ放った平打ちは彼の凄《すさ》まじい膂力《りょりょく》を反映させて彼女を大きく打ち上げた。

「がっ……ぁ…………ッ」

〝呼応力《こおうりょく》〟の覚醒によって強化された筋力による渾身《こんしん》の剣技。

人間らしい赤色を吐き出しながら、フィーネは放物線を描いて既に倒壊している建物の中へと墜落する。

「なん、で……」

「……！　大丈夫か？」

剣を地面へ突き立て、倒れかけたモニカを支えながらその少年――アルギュロス＝ハアトは言った。

「アル、どうして君が……」

「これだけ派手に騒ぎが起きてたら誰だっておかしいと思うだろ。……街に現れたディソナンスは今出られる騎士団《ギルド》の騎士たちやトーンハウスの先生方で対処に当たってる。まだ完全じゃないが、民間人の避難も進んでるぜ」

「そ、そっか……あはは、よかった……。さっきの技すごかったね。模擬戦のとき、君が動く前に封じられてよかった」

「なんだ、ボロボロの割には元気そうだな。……鼻血とか拭いとけ」

「え、ありがとう。洗って返すね……」

アルギュロスから流れるような手つきで渡された綺麗《きれい》なハンカチで顔中を染めていた血を拭い去りつつ、モニカはフィーネが落下した瓦礫《がれき》の山を睨む。

「咄嗟《とっさ》に動いちまったが……さっきの奴はフィーネか？　どうしてあいつが……。一体なにがあったんだよ？」

「ごめん、説明してる時間はなさそう。……とにかく彼女を止めないと」

遅れて戸惑いがやってきた様子のアルギュロスを尻目に、モニカは再度緊張の糸を結び直す。

がらがらと崩れ落ちる瓦礫の中から揺らめいた影は、並び立つふたりを認識したのか鬼のような形相で土埃《つちぼこり》の煙幕から姿を現した。

「アルギュロス……くぅぅううぅん……ッ！」

「……フィーネ。どうしちまったんだ、お前？」

束ねていたサイドテールは先ほどの衝撃でばらけてしまったのか、乱れた髪から覗《のぞ》く眼光は怨霊《おんりょう》のそれだ。

「……キャハッ……キャハッ！　キャハハハハハハハハッ！　あなた、良くしてくれるからそんなに嫌いじゃなかったのになぁ！　キャハッ！　ここまでぐちゃぐちゃに引き裂きたいと思ったのは初めて！　……すっごく……残念……ッ」

「お、おい……なに言ってんだよ……？」

「──はぁ……はぁ……あ、ある……あるぐろすこうほせ……お待ちなさい……ですわ～……！」

決壊寸前の空気の中、横から緊張感のない声が聞こえてくる。

対峙《たいじ》する三人の間へ飛び出して膝に手をついたのは真っ赤な髪を振り乱した少女──ヘリオローズ＝ラプター。

先行するアルギュロスを追ってきたのか、ひどく息が上がっている様子だった。

「……！　フィーネ⁉」

結っていた髪は解け、所々がはだけている薄汚れた制服を身にまとった親友を見てヘリオローズは反射的に彼女へと駆け寄ろうとする。

「ど、どうしたんですの、そんな小汚い……！　まさか街で暴れてるディソナンスにやられて────！」

「……！　待て、ヘリオローズ！」

「え？」

刹那、一瞬で膨張したフィーネの剛腕がヘリオローズを飲み込もうとする。

「ッ……！」

「ぎゃっ⁉」

寸前で彼女を抱きかかえたモニカは横っ跳びでそれを回避し、自分たちへ穿《うが》つような眼《まな》差《ざ》しを向けているフィーネと相対した。

ヘリオローズの表情が困惑一色に染まる。

「ふ、フィー……ネ？」

「……ヘリオローズ、何も言わずにここから逃げて」

ヘリオローズを背後に庇《かば》いながらモニカは吹奏剣を構えた。

学院で何度も言葉を交わし、訓練や食事を共にした親友の姿はどこにもない。微笑を浮かべるフィーネの瞳は、ヘリオローズをモニカたち同様、屠《ほふ》るべき敵だと言っている。

自分たちより遥《はる》かに長くフィーネと親しい時間を過ごしたヘリオローズを、今の彼女の前に立たせてはいけない。そう考えた故の判断だった。

「ハアアアァァァ………めんどくさい。こんなことなら、先に学校の子たちから始末しちゃえばよかったな」

「フィーネ……」

「気安く呼ばないでくれるかな……。あなたの声、頭に響いてやかましいの」

「……っ……なっ……なにを言ってるんですの⁉　さっきの黒いのは一体……！　お友達であるわたくしを襲うなんてどういう了見で――――！」

「『お友達』ぃ？　……キャハハッ！　ああ、はいはい……もういいよ、それ」

「はっ……はぁ……⁉」

「あなたとの『お友達』はもう終わり。目立たないための隠《かく》れ蓑《みの》として付き合ってただけだから、もういらないの。さようならしよう」

「……？　な……？」

「聞こえなかった？　……本当、トロい。死んでもそうしてれば？」

モニカに放ったときのように、背中から伸びた数十本の触手がヘリオローズへ押し寄せる。

「「単発技法ッ‼」」

瞬間、二筋の流星が宙を駆けた。

突進しながらの刺突技《ウノボルテ》をそれぞれ放ったモニカとアルギュロス。前者はフィーネへ向かって牽制《けんせい》を、後者はヘリオローズを刺し貫こうと飛来する触手を一斉に撃ち落としていく。

「キャハッ！」

再び開戦の幕が上がったと同時に、モニカとフィーネが衝突する。

腕を大鎌へ変異させたフィーネと鍔迫《つばぜ》り合《あ》いをする中、眉間に力を込めたモニカが口を開いた。

「さっきのこと……本気で言ってるの……⁉」

「さっき？」

「ヘリオローズに言ったことだ！　君とあの子は……本当に仲が良さそうだったのに！」

「まだそんなこと言ってるの？　ほんと……救いようのない馬鹿ばかりだねッ！」

刃をぶつけ合ったまま、フィーネはモニカの視界の外から触手を展開して両サイドから

それを突き立てようとしてくる。

「単発技法《エネルジコサークル》！」

モニカは本来水平に繰り出す回転斬りを上下方向へ振るい防御。直後に横薙《な》ぎに振るわれた鎌の刃をバレリーナさながらに前後開脚することで回避してみせた。

「っ……！」

そのままフィーネの足を払い、体勢を崩した隙を突いて体を捻《ひね》りながら剣を引き絞る。

「四連技法《フィアボルテ》！」

反撃の暇を与えないまま、このタイミングで全ての斬撃を命中させられる最高速度かつ最多の連撃。

胸部一点に集中したダメージは余裕げなフィーネの顔に苦悶《くもん》の色を差し込んだが、

「意味ないってわからないかなァ⁉」

瞬《また》きの間に肉体を再生できるフィーネに対しては焼け石に水だった。

しかしモニカは止まる様子もなく、瓦礫に囲まれた中で果敢に攻め続ける。

「……立てるか、ヘリオローズ？」

距離を詰め、《加速の譜面》の無演奏によってもたらされた速さでフィーネと渡り合っているモニカを遠巻きに見守りながら、アルギュロスはその場にへたり込んで言葉を失っているヘリオローズへと呼びかけた。

「立てないなら俺が背負って安全な場所まで連れて行く。ここに残ってフィーネと戦うか避難するか、十秒で決めてくれ。俺も早くモニカに加勢しなくちゃいけないからな」

「……わからない」

「あ？」

普段の彼女からは想像もつかない、意味を持った言葉としてのかたちが今にも崩れてしまいそうな声が、アルギュロスの耳へと滑り込んでくる。

「わからない……ですわ……。どうして、こんな……っ……めちゃくちゃでわけのわからない状況なのに、あなたたちは…………そうやって正しい選択が……できるんですの？」

俯《うつむ》いているヘリオローズの表情は見えない。だが頬を伝う光の粒が、彼女の感情を痛いほど伝えてくる。

普段から関わりを持っていた同級生の本性を知り、親友を失ったヘリオローズほどではないにしろアルギュロスもまた状況が飲み込み切れておらず、動揺しているはずだ。

だが隣で剣を手にした彼はとても落ち着いている。

「正しい選択かどうかなんて、誰にもわからないさ」

アルギュロスは一瞬悔しげに目を伏せた後、すぐに顔を上げて力強く口にした。

「……だけど今、俺の心はアイツを止めろって叫んでる。ここで戦わないなら……自分を否定したのと同じだ。それだけは絶対にしたくない」

脳裏によぎるのはかつての記憶。

幼い頃憧れの人に剣を託されてからずっと、アルギュロスは彼自身が思い描く〝英雄〟の背中を見て走り続けてきた。

——思えば自分は、あの人の何を知っているというのだろう。

憧れを目指して、彼のようにと、手渡された夢の中で……いつしか自分だけの理想像が生まれていたのかもしれない。

「俺たちがすべきことはきっと、正しい道を『選ぶ』ことじゃない。自分の本当の気持ちが何かって『探す』ことなんだ。……お前はどうする、なにがしたい？　今この場で自分がいちばんにやりたいことを行動に移せ。それなら少なくとも、自分にとっては『正しいこと』になる」

「────────」

ぎゅっと唇を結び、ゴシゴシと目元を擦りながらヘリオローズは立ち上がる。

無言で腰のホルダーから取り出した黒い笛は彼女にとっての剣。

「わたくしだって……神奏術士候補生《しんそうじゅつし》ですの」

憧れを抱き、その道に進んだきっかけが何であったとしても、今この場でヘリオローズのやるべきことは隣に立つ同級生と変わりはない。

凛々《りり》しさを取り戻した横顔に微笑《ほほえ》みながら、アルギュロスは剣を握る手のひらへ力を入れ直した。

「立場に相応《ふさわ》しい行動くらい、弁《わきま》えていますわ。……お見苦しいところをお見せしましたの……っ！　ギンギラ頭！」

「軽口叩《たた》く元気があるなら心配ないな。……行くぞ！」

「仕切んじゃねえですわ！」

騎士と術士が同時に駆け出し、戦場へと身を投じていく。この世界においてそれは珍しい光景ではない。

しかしそこへ到達するまでの決して容易ではない一歩を、ふたりは飛び越える勢いで踏み出した。

「しぶといなぁ……！　ゴキブリみたいで嫌になる！」

「ッ…………！」

街中を縦横無尽に疾走しながら、モニカはフィーネの意識を自分へ繋《つな》ぎ止《と》めていた。

足腰の限界が近い。殆《ほとん》ど感覚がないものを無理やり動かしている。

一方でフィーネに体力の限界というものはないらしく、戦いが始まった直後からパワーもスピードもまるで落ちる気配がなかった。

「ああ、でも……！　力を使うとゾクゾクが止まらないんだ！　わたしの中にいるこの子の意思が……あなたとの戦いを望んでいるから！」

「意思だって……？　ディソナンスにそんなものは――――ないッ！」

「普通はね」

薙ぎ払《はら》うように振るったモニカの剣を跳躍で躱《かわ》し、宙を漂いながらフィーネは囁《ささや》く。

「この子は他のディソナンスたちをたくさん食べたから特別みたい。……ほら、今も聞こえる。あなたを残らず平らげたいって！」

「手料理なら好きなだけ振る舞ってあげられるんだけどね……！　あのオムレツ、評判よかったんだ！　アル全部食べてくれたし！」

「おめでたい頭！　――――潰れろッ！」

巨大な獣を思わせる腕を黒い物質で形成し、フィーネはそれをモニカの真上から振り下ろす。

「三連技法《トライアングルメドレ》！」

モニカが対抗して放ったのは三連撃の剣技。だが剣は振らない。

大地に三角形を描くような足運びでフィーネの後方へと回りこみつつ、上空から飛来する特大の打撃を回避してみせた。

「鬱陶し――――――!?」

苛立《いらだ》ちを見せたフィーネの表情が驚愕《きょうがく》一色となる。

突如として真下の地面を突き破って伸びた幾重もの荊棘《けいきょく》がフィーネを、そして彼女から滲《にじ》み出《で》る黒い体を拘束したのだ。

憤慨とともにこの神奏術を得意とする候補生の顔が浮かんでくる。

「……反吐《へど》が出る……！」

「おふたりとも！」

躍り出たヘリオローズの一声に応えたふたりが地面を蹴る。

「単発――――！」

「――技法ッ！」

この程度の捕縛、一秒後には容易に破られている。

だがこじ開けたその瞬きの隙が、モニカたちにとっては好機であった。

「《アクセントスマッシュ》！」

大の字で静止していたフィーネを目標に跳び上がった疾風と迅雷がそれぞれの剣を一直線に振り下ろす。

平行に描かれた剣閃《けんせん》はフィーネの両腕付け根で轟音《ごうおん》とともに打ち止められ、彼女の肩まわりの骨を粉砕させた。

「ぎゃ……っ……あ……！」

震えるような悲鳴が漏れてすぐ、フィーネの体を覆っていた漆黒が霧散。

彼女の体にはまだ痛覚といった人間の感覚が残っている。一時的に行動の制限を狙うなら叩かない手はない。

着地したモニカとアルギュロスはフィーネから距離をとりつつ、荊棘を操作して彼女を縛る手を強めていくヘリオローズと並び立った。

「へえ……こんな度胸があったんだね、リオちゃん」

「わたくしは……候補生としての責任を果たしますわ。たとえ相手が親友であっても」

「ハハッ……まだ言ってる」

「もうやめろフィーネ。……お前がなんでこんなことをしたのか、まだ全然わかんねえけど……もういいだろ。友達同士で殺し合うなんて……！」

「だからぁ……わたしに友達なんて、いないんだよ……ッ！」

激昂《げきこう》するフィーネに従うように、黒ずんだ泥が彼女から溢《あふ》れ出《だ》そうとする。

それを見越していたかのように次の手を打ったのは、フィーネを縛る荊棘を操っていたヘリオローズだった。

「これは……？」

フィーネの顔が狼狽《ろうばい》に歪《ゆが》む。

彼女の体に巻き付いていた荊棘から蕾《つぼみ》が芽生え、やがてぽつぽつと薔薇《ばら》が咲き始めた。

「これが《薔薇の譜面》の真骨頂ですわ。捕らえた者の生命力を吸い上げ、花を咲かせる。……命までは奪いません。おとなしく降参なさい」

「……！　どこまでも……！」

徐々に抵抗する力も失われていくフィーネ。

無限の再生能力を持つのなら、それを上回る速度で吸い上げてしまえば無力化はできる。

モニカもアルギュロスも、ヘリオローズが用いるのはただ荊棘を物理的に操るだけの術だと思っていたが、この力を目の当《まあ》たりにすれば秘曲とされる意味も腑《ふ》に落ちた。

「暴れても体力を消耗するだけですわよ」

「馬鹿にして……！　こんなものでこの子の力を封じられるとでも……ッ！」

「……もうよすんだフィーネ」

あくまで抗《あらが》おうとする彼女へ、モニカはやるせない気持ちを握りしめながら一歩を踏み出した。

「君が僕らをどう思っていたとしても、一緒に過ごした時間は本物だったはずだ。……これは、それを壊してまでやらなくちゃいけないことなの？」

「……いらないんだよ。なくなるかもしれない不確かな関係なんて。わたしが欲しいのは何よりも強い自分……！　誰にも愛想《あいそ》を振りまかなくてもいい、孤独を許される力……！」

「そんな、フィーネ……！　わたくしはあなたといつまでも一緒に――――！」

悲しみと怒りが入り乱れた瞳で三人を捉えるフィーネのもとにヘリオローズが歩み寄ろうとする。

伸ばされた手がフィーネに触れようとしたその時、拒絶するようにソレは始まった。

心臓に位置する部位を中心として、フィーネの体内からまたしても際限なく〝ディザストロ〟の細胞が漏出し始めたのだ。

「……っ……⁉　なんですの⁉」

「……⁉　これ、は……！」

とめどなく溢れてくる黒い泥は少しずつフィーネの体を侵食し、呑《の》み込もうとする。

即座に荊棘の量を増やして縛る力を増強するヘリオローズだったが、フィーネの感情とは関係なく勢いを加速させていくそれは次第に彼女を自由の身へと誘《いざな》う。

「なんだこれ……⁉　ヘリオローズ！　もっと気張れ！」

「うっっさいですわね！　黙っててくださいます⁉　気が散って頭ん中の演奏が途切れればそこで終わり――――」

「……！　伏せてッ！」

直後、目の前の空間が黒く点滅した。

「………………ッ！」

遅れて四方へと飛び散った衝撃波に呑まれ、三人はバラバラの方向へと吹き飛ばされる。

咄嗟《とっさ》に頭部を守りながら受け身をとった。

「あ……!?　モニカ!?」

耳鳴りが止《や》まない最中、アルギュロスは直前に見た光景を思い出した。

ヘリオローズの荊棘を引き裂きながら細胞の膨張を繰り返したフィーネ。彼女から放出された強靱《きょうじん》な触手が束となって自分たちへ殺到し、それをモニカがひとりで前に飛び出して防御した。

「モニカ！」

アルギュロスとヘリオローズを庇《かば》ったモニカはやはり衝撃を殺しきれなかったのか、飛ばされた先の書店らしき建物の中で意識を失っていた。

爆撃を至近距離から受け止めたようなものだ。四肢が欠損しなかったのは奇跡だろう。

「──キャハッ！　キャハハハハハハ……ッ！　これ、これだよ……！　最っ高！」

荊棘の拘束を引き千切ったフィーネの姿態は、もはや人ではなくなっていた。

フィーネを取り囲む黒い外殻からは百足《むかで》のように数多《あまた》の刃が地面に向かって伸びており、それを支えとして巨大な肉体を得た彼女は宙に留《とど》まっている。

心臓が位置する部位からはとめどなく闇色の泥が溢れ出しており、それらが徐々に巨大な獣のような体を形成しているようだった。

「いっ……つ～……！　今度はなんですの⁉」

「ハアアアァァ……ようやくここまで来れたんだね。わたしの思い描く理想が、すぐ目の前……に」

言下、真っ青だったフィーネの顔色が一層暗くなる。

「――げぁ…………ッ！」

彼女が吐き出したのは全身から放出しているものと同じ、〝ディザストロ〟の細胞と思しき黒い物質。

「なに……見えなくなって……。体の感覚が…………！」

「フィーネ……⁉」

自らの意思でそれを取り込んだはずの彼女は、泥の中で押しつぶされそうになりながら困惑の声を発した。

「暗い……！　音以外、なにも……なにも感じなくなって……。耳の奥が……思い切り、叩《たた》かれてる……ッ……。わたしが欲しかったのは、こんな……！」

「フィーネ！　苦しいんですの⁉　待っててくださいまし……！　今わたくしが助けて……！」

「ダメだ！」

直感で危機を悟ったアルギュロスはヘリオローズの手を引き、その場を離れようとする。

「う、うう、ううう、うるさいッッ‼」

フィーネの体は完全に泥の中に引きずり込まれ、代わりにドロドロとした液状の物質が巨大な竜の頭部を象《かたど》っていく。

瞬間、閃光《せんこう》が迸《ほとばし》った。

大きく凶悪な顎から解放されたのは地獄の炎を体現したかのような輝きを放つ熱線。

周囲の建造物を溶解させながら、それは薄暗い空に向かって慟哭《どうこく》にも似た咆哮《ほうこう》を轟《とどろ》かせた。

「おい、おいおいおい……！　反則だろこれは…………っ！」

「な、なにがどうなって……！」

アルギュロスは気絶しているモニカを背負って回収すると、今もなお肥大化を続ける黒塊に背を向けてヘリオローズとともに駆け出した。

「退避だ！　このまま戦っても埒《らち》が明かない！」

最強の〝ディソナンス〟である〝ディザストロ〟の細胞はフィーネの体内で増殖を繰り返し、やがて彼女の肉体の許容量を超えるレベルにまで自我を確立してしまった。

それは通常の〝ディソナンス〟にはあり得ない、意思の芽生えによって引き起こされた惨劇。

フィーネを核として再びこの世に這《は》い出《で》ようとする災厄の赤子にとって、宿主の存在は視野にない。肉体の主導権はもはや彼女にはない。

雑音はただ、ひたすらに世界の調和を乱す。そのための第一歩が、この場で踏み出されてしまった。

第五楽章　モニカのために

「こんにちは、卵ちゃん」

初めて会ったときから、気味の悪い子だと思っていた。

「卵ちゃん？」

「この前先生たちが作ってくれた卵スープ、夢中で食べてたでしょ。味のうっすいやつ。だから卵ちゃん」

「なにか用？」

「一緒に遊びましょ」

「いやだ」

貼り付けたような笑顔を見せびらかして、いつも本心を隠している。だから私も彼女に心を許さなかった。

もっとも、この孤児院で私が心を開いた人間なんて、誰一人としていなかったけれど。

「なに読んでるの？」

部屋の片隅で剣術の指南書を読《よ》み漁《あさ》っていた私を覗《のぞ》き込みながら彼女は尋ねる。

本当に鬱陶しい。私は毎日続くこの時間が、いちばん嫌いだった。

「あっち行ってくれる？」

「だってぇ、みんな遊んでくれないんだもん」

「あなた、自分の親を〝ディソナンス〟に襲わせたんでしょう？　……人殺しと遊びたいと思う人間なんて、いない」

「………あの噂《うわさ》、あなたも信じてるの？」

「……えっ」

震える声を聞いて、一瞬でも根も葉もない噂話《うわさばなし》を鵜呑《うの》みにした自分を改めようと、そう考えてしまったことを悔やむ。

本から顔を上げて彼女と目を合わせると、相変わらず神経を逆撫《さかな》でする微笑《ほほえ》みがこちらを向いていた。

「まあ、だいたい本当のことだからいいんだけど」

「…………」

「こわい顔しちゃやーよ」

図々《ずうずう》しく隣へ腰を下ろした彼女から距離をとりながら、私は構わず読書へと戻ろうとする。

だが彼女は一向にこの場を離れようとしない。

「だってしょうがないでしょ？　あのまま家に住んでたら、いずれわたしが危なかったんだから」

「どうでもいいけど……他の子と同じで、私もあなたと遊ぶつもりはない」

「じゃあせめてここにいさせてくれないかな。あなたの隣、安心するの」

「はぁ……？」

「わたしと同じ匂いがするから」

彼女への印象が「気味の悪い子」から「おかしな子」に変わった瞬間だった。

「私は……きちんと毎日お風呂《ふろ》に入ってる。頭だって二回洗う」

「ただの比喩だよ！　キャハッ！　あなた面白い！　嫌いじゃないかも！」

「……私はあなたが嫌いじゃなくない」

「そう？　わたしたち気が合うと思うな。……今の環境に満足してない、どうしても手に入れたいものがある。そんなどろどろした野心の匂いが、あなたからするから」

「…………」

「名前は？　わたしフィーネっていうの」

そのとき私は素直に名前を明かしたのか、それとも突《つ》っ撥《ぱ》ねたのか、よく覚えていない。

理由はよくわからないけど、私はこの日を境に彼女と話す機会が増えていった。

悔しいが、私と彼女が同じ匂い――つまり似ているというのはその通りだったのだろう。私たちはお互いに決して心を許さないまま、日々距離だけが縮んでいった。

お互いを信用していないからこそ続けることができた関係だった。


「この劇場は私とフィーネが以前、一度だけ一緒に人形劇を観《み》に来《き》た場所なんです」

がらんとした客席に座っていると、背後から声がかかる。

反射的に立ち上がって振り返ると、席の間の通路に薄い布切れをまとった小柄な少女が佇《たたず》んでいた。

トーンハウス学院で過ごした時間の中で何度も見た、自分自身の顔――そう表現するのはあまりに語弊があるだろう。なぜなら目の前にいる彼女は、自分とはまるで別人なのだから。

「こんにちは、騎士ダレン。あの日以来ですね」

「……君は」

青年の声に反応し、ふと眼下へ意識を向ける。

戻っていた。死を迎える直前の姿に。

いつか夢の中で垣間見《かいまみ》た劇場で、ダレンは本来の「モニカ」と邂逅《かいこう》した。

「えっと……ここは夢の中？　君はその……本物の『モニカ』、だよね？」

「今この体は気を失っていますから、意識もここまで落ちてきたようですね。そのうち目が覚めれば帰れますよ」

「……それは君が？　それとも僕が？」

「今更なにを。心配しなくても私はおとなしくしてますよ」

「そうじゃなくて！」

「モニカ」のもとへ早足に歩み寄り、ダレンは彼女の前で取り乱すような表情を浮かべては言《い》い淀《よど》んだ。

「……僕はあの夜、死ぬのが怖かった。だけど君のおかげで、今までとは違うかたちだったとしても……また剣を振ることができて嬉《うれ》しかったんだ。だから……ありがとう！」

言いたいこと、聞きたいことは他にもたくさんある。だが真っ先にダレンが伝えたかったのは、感謝だった。

深々と頭を下げるダレンを、「モニカ」は不思議そうに眺めている。

「それで、その……何から話せばいいのか………」

「私とフィーネが作ったのは、」

慌てて頭の中を整理しながら言葉を探すダレンに対し、「モニカ」は淡々とした調子で発言した。

「おそらくはあなたが思っている通りのものです。対象の魂を指定した肉体に移し替える、いわば《憑依《ひょうい》》を可能にする神奏術。……私はそれを使ってあなたの――騎士ダレンの体を乗っ取ろうとした」

「……うん、それはさっきフィーネからも聞いたよ」

「それにしては随分落ち着いていますね。絞め殺されても文句は言えない所業だと思いますけど」

「ぶ、物騒な……。しないよそんなこと」

「………つくづく理解に苦しむ人」

先ほどから感情の起伏がなかった「モニカ」が顔を顰《しか》める。

「座ったらどうです？」

やがて傍《かたわ》らにあった座席へおもむろに体重をかけると、じっと正面にある舞台上を見つめながら口を開いた。

「え」

「ただ話すよりは観てもらった方がいいですから。あいにくポップコーンの類はありませんが」

「じゃあ……失礼します」

ダレンがおそるおそる「モニカ」の隣の座席へ腰を下ろした後、どこからともなく投影されたスクリーンが舞台の壁に展開された。

ダレンという人間は……映画とか演劇とか、そのような娯楽には疎《うと》い人生を送ってきたつもりだったけど、そんな彼でも目の前で流れている映像は、尋常なものではないということははっきりと理解できた。

『モニカちゃん、笛は振り回すものじゃないよ？』

『騎士もかっこいいけど……神奏術士《しんそうじゅつし》なんかはもっと素敵なんじゃないかな』

『そうだ、私が昔使っていた楽譜が残ってたはずだから、モニカちゃんにあげるね』

『うまいうまい！　モニカちゃん術士の才能あるよ！』

淡々と流れていく、これまで「モニカ」が体験してきたことの再現。

そこには視覚的な情報の他に、ダイレクトに伝わる感情の波があったのだ。

「お察しの通り、私は小さい頃から騎士を目指していました。けどそれは叶《かな》わなかった」

不意に投げかけられた声音に耳を傾けつつ、ダレンは前を見つめながら問う。

「……騎士を目指した理由を聞いても？」

「神奏術士に向いていなかったからです」

「え？　でも記憶を見る限り……君の演奏技術に何ら問題はなかったようだけど。むしろ優秀なくらい」

「精神性の話です。私はどこまでも自分のことしか考えられない、誰かを大切に思うことができない、この狭い世界にはいない方がいい人間でしたから。そんな奴《やつ》が他者へ尽くすことが前提の術士になるなんて……主観的にも客観的にも、認められていいはずがない」

「いやいやいや……極端すぎるよ。なにもそんな――」

「私にとってはそうだったんです」

依然抑揚のないトーンで口にする彼女の表情は想像し易《やす》かった。

「……そういう人間は、術士になるべきじゃないんですよ。他に情熱があるのならともかく、その道に何の意味も見出《みいだ》せないような私が踏み出しても、待っているのは灰色の人生。私は自分の力だけで、独りぼっちでも人生を鮮やかにできる道を探していたんです」

「それで……騎士に？」

質問しながら、不意に気づく。彼女は元より周囲からの評価など気に留めてはいなかった。

あらゆる事象において彼女が重要とするのは、それが自分の理想であるか否《いな》か。自らの心に従って生きることができているか、ということなのだろう。

「これは後から気づいたことですが、正確には〝騎士〟ではなく、〝ダレン《あなた》〟になりたかったのだと思います」

「へ？」

急に名を呼ばれ間の抜けた声を上げるダレンからは依然として目を逸《そ》らしたまま、「モニカ」は続ける。

「人間の領域を遥《はる》かに超えた身体能力を発揮させる、男性のみに許された力──〝呼応《こおう》力《りょく》〟。常人よりもその濃度が高いあなたは政府ですら縛ることができない、決して外部からの侵害を寄せ付けることのない生物として完成された存在でしたから。……私にとってはこの上なく、〝自由〟を体現した人間だった」

「……今はどうだい？」

ダレンからも言いたいことはたくさんあった。だが体を共有して過ごしてきた今、彼女に対してわざわざ言葉にする意味はないだろう。

なぜなら彼女もとっくにわかっているはずだからだ。〝騎士ダレン〟は彼女が憧れるような自由な人間ではない。むしろ生まれ持った異能――つまり人より強力な〝呼応力〟を備えて生まれたことに意味を与えるため、人助けに躍起になるしかなかった哀れな男であることを。

「――この一年で、私という人間はどうしようもなく愚鈍であることを痛感しました」

ダレンの問いかけに答えることはせず、「モニカ」は心なしか沈んだ声を吐き出した。

「そっ……！　そんなことあるもんか！」

「あなたが口を挟むようなことですか？」

「そりゃそうでしょ！　……どんなかたちであれ、僕は君に救われた。騎士として生きる時間を貰《もら》ったんだ。そんな恩人を悪く言う人間が、一体どこにいるっていうんだ……」

ダレンが発したその言葉を耳にして、「モニカ」は思いがけず悲しそうな微笑を見せた。

「あなたには謝らなくてはならないことがあります、ダレン」

「は……？」

「今回の件を語る上で、忘れてはいけないことです。……私が当初望んでいたのはあくまであなたの体であって、決してその逆ではない」

その直後、ダレンは彼女とのやりとりの中で言葉の奥にある意思が噛《か》み合《あ》っていない理由を、微《かす》かに感じ取った。

「それは……あのとき君が、死にかけの僕を助けてくれたから、今こうして……。でなきゃ説明できないでしょ。神奏術は術者の意思で発動するものなんだから」

ディザストロとの戦いがあった夜、「モニカ」は確かに自分の意思で魂を移し替える神奏術を演奏した。

ダレンの肉体は崩壊し、彼の体を手に入れるという当初の目的は叶わなくなってしまったというのに、それでも彼女は術を発動したんだ。それはきっと……ダレンの魂を、延命させるために。

「君はあのとき……僕を死なせないために、自分の体へ僕の魂を移したんだろ？」

「ええ、それは間違いありません」

「なら！　君はやっぱり優しい人だ！　愚かなものか！　……っ……さっきも言ったじゃないか！　どんなかたちであれ、君は僕の命を――――！」

「私は」

そのとき「モニカ」は、静かに怒っていた。

「私は……あなたが羨ましくて、そして――心の底から、憎らしかった」

その感情の矛先はきっと、自分自身に向けられているのだろう。

「モニカ」の奥底から湧き上がる想《おも》いの音を、ダレンはひとつも取りこぼさぬよう耳を澄ませた。

「最強の騎士、世界の英雄………どれも当人が男で、その中でもひときわ強力な〝呼応力〟を備えた特異体質を持って生まれたからこそ——幸運にもその才能に恵まれた人間だからこそ、騎士ダレンはそれらの名声を得たのだと……私は信じて疑わなかった」

平坦《へいたん》だった彼女の声音が、徐々に感情を帯びていく。

「私は英雄に対して、常に胸を焼くような嫉妬を抱えながら生きてきたんです。……そしてあの夜、あなたの体は壊れ、私の夢は何ひとつ果たされないのだと悟った瞬間——私はあなたを苦しませるためだけに、あの神奏術を演奏することを決めた」

いつの間にか舞台の上で流れていた映像は止まり、静寂の中で「モニカ」のか細い声だけが紡《つむ》がれている。

「あの夜、あの場所で、私は思ってしまったんです。……私と同じ立場になっても、その優しさを保てるのか。異能どころか〝呼応力〟すら秘めていない、非力な女として生きることになっても、他人を気遣うような余裕を心に留《とど》めておけるのか、と。……ダレン、私はあなたに『モニカ』として生きてもらうことで——あなたにどうしようもない絶望を感じて欲しかった」

怒りに震えてなお、その言葉は繊細さを失っていなかった。

ディザストロとの戦いがあった夜、あの場で演奏されたのはやはり死者を弔う葬送曲などではなく、もっと直情的で、他人の意思など入り込む余地のない、誰かへ恩恵を与えることを意義とする神奏術の中では極めて利己的と言える《譜面》だった。

「――だけどあなたは、決して折れることはなかった。女の体を受け入れ、神奏術を習得し、戦い方を身につけ、私が半ば諦めていたトーンハウス学院への入学も果たし、そして……周りの人間からも、正しく評価された。……そのとき私は思ったんです。私の自己実現が叶わなかったのは、単に私が自分勝手な人間で……」

「違う」

「他者との繋《つな》がりを嫌悪《けんお》する、救いようのない愚図だったから……騎士にも術士にもなることができなかったのだと」

「それは違うよ、モニカ」

「なにも違わないで――った！」

「づぅ!?」

勢いよく振り向いた「モニカ」の額とダレンの額がかち合い、悶《もだ》えながらようやく二人の視線は重なった。どうやらここでも痛みは感じるらしい。

「ごめんなさい……」

「いえ……」

冷たかった「モニカ」の顔が熱を帯び、双眸《そうぼう》には微かな光が灯ろうとしている。

「……とにかく私はもう、全部どうでもいいんです。体も好きにしてください。私がこの世界に存在する理由なんか……これっぽっちもないんですから」

「存在することに理由なんているものか」

再び顔を下へやって鬱屈した声音を吐き出す「モニカ」に向けて、ダレンはあくまで落ち着き払った態度を崩さない。

「僕は君の生き方が嫌いにはなれない。自分のことだけを考えるのだって……僕からすれば羨ましいくらいだ」

「皮肉ですか？」

「違う違う。……でも結局は、隣の芝生は青く見えるってことなのかもね」

しみじみと何かを思い返すように、ダレンは小さく手遊《てすさ》びをしながら言った。

「僕は自分のために生きる勇気がなかったから、他の誰かを支える道を選んだ。これって随分と寂しい生き方だな〜……って考えるときもあったけど、性に合ってることは確かだし、何だかんだ充実してたんだなって、今は思うよ」

そう言って微笑《ほほえ》むダレンの横顔を、「モニカ」は目を丸くして見つめている。

「それと真逆なだけさ。自分のことだけ考えて生きたっていいじゃないか。それを否定しちゃったら、君の味方はなにも残らない。ならせめて君だけは最後まで君自身を肯定してあげないと。……それが自分でも他人でも、人間は誰かを愛して初めて生者になるんだから」

「……そんなこと、考えもしなかった……です」

「君は優しい子だよ。その鬱屈した心は、誰かを気遣うことで生まれたものなんだから」

しばしの沈黙がその場に流れた後、ダレンはゆっくりと立ち上がって続ける。

「こうして君と話して、改めてわかったことがあるんだけど」

「……なんでしょう?」

「君が僕になれないように、僕も君にはなれない」

遠くを見つめるような瞳でダレンはこぼした。

「モニカ」の体を授けられてからというもの、ダレンは常に己がすべきと思った行動を貫いてきた。それは彼にとって決して意識的なものなどではなく、ダレンという魂そのものの性質と言える。

それが彼女の体を得ることで延命してしまった責任感からだとしても、ダレンはそれが正しいことだと信じてトーンハウス学院の門を叩《たた》いた。

そしてそれは、ダレンにしかできない行動であったと確信している。

「姿を借りても、名前を借りても、生き様を左右する心根が違えばそれは本来の『モニカ』とは別の人間だ。君の意思を汲《く》むのなら、吹奏剣《すいそうけん》を振るう女騎士は君自身でなくちゃいけない」

「私にあんなことはできません。……あなたもわかっているでしょう？　あの剣を使ったところで無敵の存在にはなれない。普通の人間が使っても、騎士と術士それぞれの利点を潰した半端《はんぱ》な〝なにか〟になるだけです。……実戦経験に裏打ちされた実力があるあなただからこそ、あの剣は真価を発揮した」

「無敵なんてそんな。僕でもどうしようもないときはあるよ。……けどそうか、君は本当に、この先『モニカ』として成し遂げたいことはないって言うのかい？」

「ありません」

「早い早い……。ちゃんと考えて」

「ないって言ってるんです。……もういいですから、放っておいてくださいよ」

少し踏み込み過ぎたか、「モニカ」は唇を尖《とが》らせながら膝を抱えるとダレンを拒絶するようにいじけてしまった。

ダレンは肩をすくめつつ、一拍空けてから続けて問いかける。

「……じゃあ今直面している問題について聞くよ。フィーネのことだ。君は彼女を止めたいと思う？」

「……それは」

「言葉を聞かせてくれ。胸に押し込んでるだけじゃダメだ。君がやりたいことを教えてくれれば、僕は全力でそれに応えたい。……それぐらいの恩返しはさせてもらえないかな？」

数秒の沈黙。

ちらりと視線だけ上へ向けた「モニカ」は、瞼《まぶた》を薄く閉じながら消えそうな声で答えた。

「フィーネは……もうひとりの私なんです。何かが違えば、私もああなっていたかもしれない」

「うん」

「私にはあの子を止める義務がある。……止めてあげないと、私はこの先……なにひとつ自分を誇れない」

「うん」

「けど……けど、私にそんな力なんて……ないから」

「……うん」

「モニカ」の頬を伝う光が下へ落ちた瞬間、ふたりを囲んでいた劇場の景色は嵐にでも見舞われたかのように崩壊し、何もない上空へと吸い込まれていく。

どこまでも白く、何もかもが不確かで頼りない。けれどとても前向きな気持ちになれる景色が広がっている。

彼女をこの場に押し込めていたものはすべて消え去り、まっさらな心だけがその場に残った。

「──騎士ダレン、あなたの力を貸して欲しい。戦えない私の代わりに剣を振って、フィーネを救って欲しい。……私の意思を、通して欲しい……っ！」

「……承知した！」

まっすぐに伝えてきた「モニカ」へ頷《うなず》きながら、ダレンは強く自分の胸を拳で叩いた。

「やろう、君と僕で。……これから先やりたいことが見つからなくても、どんなに迷ってもいい。君が今のような決断を下せるそのときまで、僕は『モニカ』として君の居場所を守り続ける。……何度だって付き合うよ！」

顔いっぱいの笑みでそう伝えたダレンを見て、自然と「モニカ」の口元も綻んだ。

光が充満していく視界に目を瞑《つぶ》りながら二人は思う。

これから自分たちが歩む道のりは、互いに足を踏み入れたことのない世界になるだろう。

ただの「モニカ」でも、英雄〝ダレン〟でもない。それらの意思を映し出す剣は、今この瞬間誕生した。

自分自身のために。自分以外の誰かのために。

モニカ＝グランテッドの騎士道は、ここから始まるんだ。

●

「――ヘリオローズ、モニカは⁉」

未《いま》だ目を覚ます気配のない同級生を抱きかかえながら、ヘリオローズは涙をこらえて返答する。

「息はしていますの！　ただ……頭を強く打ってしまったようで、意識が……」

「クソッ！」

家屋の屋根を踏みつけながら、アルギュロスは眼前に広がる紅《あか》く染まった街を見渡した。

暴走を始め、〝ディザストロ〟そのものに成ろうとしているフィーネは、文字通り移動する災害と化して辺り一面を熱線で焼き続けている。

地表のあちこちを覆っている炎のせいで夜中だというのに視界は鮮明だが、同時にそこに映る絶望も叩きつけられるようだった。

確認できる範囲でも騎士団《ギルド》の騎士や術士が対処に当たっている様子がうかがえるが、フィーネが放った他の〝ディソナンス〟たちはまだ全てを倒しきれていない。

フィーネ本人に関しては見ての通り、手がつけられない状況である。

このまま街をあちこち歩き回られたら被害はより甚大《じんだい》なものになる。まさに悪夢だ。

「ヘリオローズ、モニカ持ってここから離れろ！」

「はぁ⁉ 何するつもりですの⁉」

「俺がフィーネの気を引く。今のあいつがどういう意図で動いてるのかはわからないけど、これ以上被害を広げるわけにはいかないからな」

「バカですの⁉ アホですの⁉ あれはもうわたくしたちが手に負える相手じゃないですわ！ 死んじゃいますの！」

「少なくとも無駄死にはしないさ！」

「あーっ！ バカッ！ バカッ！ 戻りなさい！ アルギュロス候補生――ッ！」

喚《わめ》きながら引き止めようとするヘリオローズには目もくれず、アルギュロスは屋根から飛び降りるとフィーネが変貌した泥の塊に向かって走り出した。

昨日までの平穏は見る影もない街道。

理不尽極まりない状況だが、剣を持つ自分は誰よりも率先して動き出さなくちゃいけない。

「奪わせやしないさ……！　俺だって！」

「きゃあああぁッ！」

不意に飛んできた悲鳴がアルギュロスの鼓膜を揺らす。

すぐさま方向転換してそばにあった角を曲がると、そこには思わず眉間にしわが寄るほどの、醜い漆黒が広がっていた。

「単発技法！」

瞬時に血液に宿る〝呼応力《こおうりょく》〟を叩き起《お》こす。

悲鳴を上げた者らしき少女の前へ飛び出しながら、アルギュロスは正面で大鎌を振り下ろそうとする巨大な蟷螂《かまきり》と対峙《たいじ》した。

ピアノレートのディソナンス〝ニルギリ〟。心臓の位置は後ろへ伸びている腹の先端。

「だぁあありゃあッ！」

ギロチンのように迫りくる情けも容赦もない刃へ向かって横一文字に斬撃を放ち、相殺《そうさい》どころかニルギリの体を勢いよく引っ繰り返してみせる。

「三連技法《トレボルテ》！」

無防備になったニルギリの心臓が眼前に落ちてきたのを見て即座に対応する剣技をぶつける。

ビリヤードの玉が反響する様を思わせる音色が三度響き渡り、真っ黒だった蟷螂の外殻が生を吹き込まれたように虹色を帯びる。

直後に音を立てて四散した奴《やつ》の残骸を横目に、アルギュロスは尻餅をついていた少女へ静かに駆け寄った。

「怪我《けが》はないか？」

「う、うん。ありがとう騎士さん……」

「まだ見習いさ。背中へおいで、人がいるところまで連れていく」

「——ハアト候補生⁉」

思いがけず呼びかけられた方向を見やる。

ひどく驚いた様相でアルギュロスのもとまで走ってきたのは後ろの方で髪を束ねた年若い教官。アルギュロスのクラスを受け持っているアルベルだった。

直前までディソナンスと戦っていたのか。手には抜き身の剣が握られており、息も少し上がっている様子だ。

「教官！」

「こんなところで何をしているのです⁉　すぐに避難を！」

「……！　あれは……！」

地表を突き上げるような地鳴りが起き、アルギュロスたちは咄嗟《とっさ》に百メルーほど先に見える泥の怪物を視界に収めた。

その体は数分前に確認したときよりも巨大になっており、このままいけば山すら超えてもおかしくない成長を続けている。

それはまるで一年前の再現。文明を滅ぼす災厄の再来が近づいているようだった。

「……っ……この子をお願いします！」

「はっ……⁉　ハアト候補生待ちなさい！　アルギュロス＝ハアト候補生！」

保護した少女をアルベルへ預けた後、再び踵《きびす》を返《かえ》してアルギュロスは標的を目指す。

馬鹿なことをしている自覚はあった。

だがこんなわけのわからない状況だ。いつ、どの局面で終わりを迎えてもいいように、常に後悔を残さない行動をとりたい。

「戻ってこいよフィーネ……！　お前がいなくちゃ、俺とモニカがヘリオローズのお守りをやんなきゃいけなくなるだろ！」

距離を縮めていく最中、フィーネが撒《ま》き散《ち》らした泥が蠢《うごめ》いている様子がアルギュロスの視界の端に見えた。

「――単発技法！」

泥の塊が徐々に猪《いのしし》のような姿を築き上げ、考えるよりも先に剣を構える。

「《ウノボルテ》！」

直後に突貫してきたのは以前トーンハウス学院にも現れた〝ディンブラ〟だ。こちらを轢《ひ》き潰そうとする巨体を初撃で受け止めた後、即座に二連技法《ドゥエボルテ》で眉間にある心臓を砕き打倒する。

「気持ちわりぃ！　あいつの体から流れる泥が〝ディソナンス〟に……！　ったく！　今までなに考えて学院に居たんだか……！」

フィーネの体内から溢《あふ》れ出《で》て暴虐の限りを尽くしているあの化け物は、彼女の心を反映する鏡なのだろう。

詳しいことはまだ何一つわからないが、街ひとつを壊しかねないほどの憎悪《ぞうお》をフィーネは募らせてきた。

友人だと思っていたのは自分たちだけだったのかもしれない。……しかしそれでも、自分たちはフィーネという人間と言葉を交わし、生活の多くを共にしてきた。

今回の事件は決して許されるものではない。

だがたとえ、それが偽りだったとしても——その中で生まれた感情をないがしろにできるほど、人は器用じゃないんだ。

「一度貰《もら》ったものは何ひとつ失いたくない……！　そのために俺は……騎士になるんだから！」

頭部を見上げるくらいまで肉薄したところで、泥の山が沸騰するようにボコボコと変形し始める。

接近するアルギュロスを跳《は》ね除《の》けようと、奴は全身から黒槍《こくそう》を出現させると彼がいる一点へ向けてそれを豪速で伸ばした。

「——————ッ！」

息を飲み込み、津波のごとく押し寄せてくるそれらの迎撃に入る。

出鱈目《でたらめ》な数だ。手を休められない。剣技を放つ暇もない。

無尽蔵に溢れてくる泥、そこから射出される攻撃、誕生する〝ディソナンス〟の軍隊。

奴は今の時点で既に最上級——フォルテシモ相当の力があると見ていい。

「ぐお………ッ」

防ぎきれなかった刺突が脇腹をかすめる。

さらに隙が生まれ、回避不可能なタイミングで後続の波がやってきた。

「単発技────」

全方向へ向けた回転斬り《エネルジコサークル》で対応しようとするも、アルギュロスが剣を振り抜く前に攻撃は到達した。

「か……っ……！」

反射的に体を捻《ひね》って致命は免《まぬが》れるも、手足と胴体には幾多もの裂傷が刻まれる。

地面を転がったアルギュロスはすぐに体勢を立て直そうとするが「次の黒槍」はとっくに射出済みであり、その間を与えられることはなかった。

(まだ死ぬな)

死の気配が近づき、目の前の景色がゆっくりと流れていく最中でも、アルギュロスは剣を握る手を緩めない。

勝てなくてもいい。あの怪物を一秒でも長く自分へ釘付《くぎづ》けにしろ。周囲への被害を抑えるんだ。

──騎士は自分ひとりじゃない。この場で自分が倒れても誰かが必ず奴を仕留めてくれる。

だが一秒後か、一分後か、一時間後か、そんなことは考えるな。ただひたすらに「まだ」と唱え続けろ。

「俺の騎士道は……こんなところじゃ終わらない…………ッ」

アルギュロスが体を起こすまでに約五秒。触手が彼を串刺しにするまで二秒。間に合わないことは明白であったが、それでもアルギュロスは十秒後の生存を掴み取っていた。

「…………なに⁉」

無意識に瞑《つぶ》っていた瞼《まぶた》をこじ開け、アルギュロスは眼前で静止している黒い槍を凝視した。

……いや、触手は止まっているのではなく、アルギュロスの前方に展開された半透明の壁に阻《はば》まれている。

「このメロディは――――」

瞬間、後ろの方から聞き覚えのある笛の音色が漂ってきた。

奏《かな》でられた音楽とともに近づいてきた足音はアルギュロスのそばで止まり、同時に一点へ集中して展開されていた防壁がドーム状に拡大していく。

「――まったく無謀極まりないけど、生きてるのなら結果オーライだ。君の勇気を讃《たた》えるよ、アル」

「…………俺のことはどうでもいいんだよ！」

アルギュロスは立ち上がり、隣へ立った少女――モニカを小突きながら安堵《あんど》の笑みを浮かべた。

「ヘリオローズはどうした？」

「フィーネを止める方法を思いついたんだ。彼女にはそのための一仕事を任せてる」

「勝てるのか？」

「成功すれば間違いなく。けどその前に――僕と君もかなり頑張らないとね」

何があったかは知らないが、どこか吹っ切れたような気持ちのいい顔つきでモニカは次の《演奏》へと移る。

テンポの速い軽快な曲調。自らの身体能力を底上げする《強化の譜面》の音色だ。

《防壁の譜面》の恩恵が消えるまでの数秒間、アルギュロスは再度血液中の〝呼応力〟を覚醒させる。

血を流しすぎたせいで先ほどより力は大幅に落ちるが、モニカと一緒ならば問題ない。

「あれが〝ディソナンス〟を模した姿だとすれば、たぶん弱点も彼らと同じ」

「……心臓か。奴にとってそれはフィーネ自身か？」

「うん。彼女を取り除けばきっと、あの泥は止まるはず」

「一応聞くが、殺すつもりはないんだろ？」

「もちろん。フィーネはもちろん……僕らの誰だって死にはしない。生きて明日を迎えるために――――！」

防壁が消滅し、禍々《まがまが》しい槍がふたりへ飛来。

「最後まで元気にいこう！」

モニカとアルギュロスがタイミングを揃《そろ》えて振り抜いた剣は、凄《すさ》まじい風圧の壁を巻き起こし殺到してきた触手群を霧散させる。

「走って！」

泥の怪物がこちらへ意識を割いたのを確認した後、ふたりは弾《はじ》かれるように背を向けて地面を蹴り上げた。

「どこを目指すつもりだ⁉」

「君との思い出の場所だよ！　あそこなら僕も全力を出せる！」

「……！　なにをするかは知らないが、信じさせてもらう。俺たち二人組《デュオ》でフィーネを止めるぞ！」

「いや……僕らは三人組《トリオ》だ」

口角を上げたモニカがそう発した直後、地の底から何かがせり上がってくるような振動を靴底で感知。

刹那、モニカとアルギュロスが移動するルートへ沿うように、その左右に無数の荊棘《けいきょく》によって構成された高壁が形成された。

「――さすがにここまでの規模となると、無演奏では厳しいですわね」

優雅と苛烈を内包した音の連なりを笛で奏で終えたヘリオローズは、街で最も背の高い展望台の屋上から遠方を走る同級生たちを見守っていた。

彼らが走る左右を荊棘の壁で塞ぎ、泥の怪物の意識をふたりへと絞らせる。

事前に共有したモニカの作戦通り、最短ルートでトーンハウス学院への誘導を図った。

「死ぬことは許しませんわ、おふたりとも。わたくしだって……何も失いたくありませんの！」

獣の咆哮《ほうこう》が夜空に疾《はし》る。

自分たちを刺し穿《うが》つために放たれる攻撃の数々を斬り落としながら、モニカとアルギュロスは家屋の上を疾駆した。

「あきれるくらいの派手さだな！　後始末のことを考えるだけで寒気が止まらな……っ」

「……！　大丈夫？」

「……ああ……！」

意識を削られながらもアルギュロスは全力で四肢を振り続ける。かくいうモニカも次の瞬間には倒れていてもおかしくないほど、フィーネとの戦闘で負った傷を引きずっていた。

──瞬刻、莫大《ばくだい》な熱を背中で察知。

開かれた泥の大顎の中で生成されるのは極小の太陽。

「遅れるなよ……騎士モニカ！」

「誰が！」

泥の怪物は左右が塞がれた一歩通行の道へ目掛けて、大地を溶接するかのような熱線を解放した。

「「《ウノボルテ・リピート》！」」

モニカとアルギュロスがとった対応策は同じだった。

並び立つ建造物を焼却しながら近づいてくる光柱から距離を稼ぐため、突進しながらの刺突を行う《ウノボルテ》を、剣を収めたまま何度も重ねて《反復《リピート》》する。

下半身の感覚はもはや無いに等しい。

劫火《ごうか》の熱から逃れながら、ふたりは痛みも疲労も置き去りにして目標地点へ一直線に加速した。

どれだけの距離を踏破したのか。

ヘリオローズの荊棘が示す終着点である外壁が見えた直後、モニカとアルギュロスは再び剣を構え、《ウノボルテ》による刺突を吐き出した。

「「────ッ！」」

外壁を突き破り、踏み出したのは大きな地平が広がるグラウンド。

熱線が客席に風穴を開け、ふたりの騎士候補生が躍り出たことを感知した照明が最後の舞台を照らし始める。

そこはトーンハウス学院が敷地《しきち》内に保有する修練場。

この戦いを終わらせるために必要なものの全てが、この場に詰まっていた。

「五秒稼いで！」

「十秒だ！」

アルギュロスと別れつつ、モニカは奥の壁際《かべぎわ》で立ち止まると腰を低く置き、右手にある吹奏剣《すいそうけん》を背中へ回すようにして引き絞る。

その後すぐに修練場へ侵入してきたのは依然この世の憎悪《ぞうお》をすべて練り固めたかのような漆黒を撒《ま》き散《ち》らす竜。

奴《やつ》の気を引くため、アルギュロスは剣を地面へ打ち付けて騒音を鳴らしながら叫んだ。

「あの時のオムレツ……お前も手伝ったんだってな、フィーネ！　お前がいなかったらもっと酷《ひど》いものになっていたに違いない！　今度モニカにちゃんと作り方教えてやれ！」

その言葉に応答するかのように、泥の塊から複数の〝ディソナンス〟が生まれ、同時にアルギュロスへと押し寄せる。

「お前がいると場が和むんだよ！　……覚えてるか⁉　入学してすぐの頃、俺とヘリオローズの仲は最悪だった！　だけどその関係を今になるまで繋《つな》げてくれたのはお前なんだ！」

雑音を喚《わめ》き散らすアルギュロスを排除しようと迫る〝ディンブラ〟と〝ニルギリ〟、それぞれの体当たりと斬撃をいなしながらも彼は呼びかけることをやめない。

「フィーネがいなくなっても、この先俺たちの生活に大した影響はないのかもしれない！　だけどそれでも……！　お前が離れちまうのは寂しい！」

止まらない〝ディソナンス〟の軍勢を退けながら、アルギュロスは必死に声を上げる。

どんな思考を抱えていても、どんな悪事を働いたとしても、フィーネ＝ピカロは人間だ。

受け止める心が少しでも残っているのなら、彼の発する音は意味を持った言葉として成立するはず。

「だからもう、その辺で諦めとけ……！　人に生まれた以上、俺たちは……！　人として生きていかなくちゃならないんだ！」

「――――アル！　僕の後ろへ！」

飛んできたモニカの呼び声に反応し、アルギュロスは走る足先にブレーキをかけて彼女のもとを目指す。

そうなれば当然、相対する魔物たちもターゲットを変えてくる。

無数の駒を従え、自分の存在を雑音でかき消そうとする化け物を前にしても、モニカは冷静だった。

（…………込めるのは、己のすべて）

硬直させた全身の骨、筋肉、神経が活性化している。

自らを構成する繊維、細胞のひとつひとつまでもを呼び起こし、前方にそびえる山のような標的をモニカは見据えた。

――ここはトーンハウス学院の修練場。

この場で起こるあらゆる殺傷行為の結果は、例外なく曖昧なものとして表れる。お互いに。

肉体の限界を超えた力を行使しようとも、それを受けて全身が引き裂かれようとも、この修練場の中にいる限り致命傷になることはない。

「極限技法」

瞬間、モニカを取り巻く空気が凪《な》いだ。

極限技法――それはこの世で唯一、人為的に神の恩恵を授かる術である神奏術に頼ることなく、ヒトの力のみで奇跡を起こす技。

かつて騎士ダレンが使っていたそれは、無数の斬撃を繰り出すだけという、結果だけを見れば極めてシンプルなものだ。

しかしかの英雄はその結果に至るまでの時間と労力を消し飛ばし、一息の間に千を超える刃を振るうことを可能にする。

そしてそれは当人が望みさえすれば、限界を超えた力すら現実のものとすることができる。

そびえるような〝ディソナンス〟の体も、外道の弄する醜悪な策も、一瞬で打倒するために編み出された剣撃の極致。

「――――《オラトリオ》ッ‼」

背中へ回していた剣を下から上へ。モニカの右腕が陽炎《かげろう》のごとく不確かに揺れる。

その様子を目撃したアルギュロスが瞬《まばた》きをした次の瞬間には、山岳のように積み上げられていた泥の塊は塵芥《じんかい》と化していた。

物理法則を超越したその振りが生み出したのは、一万を優に超える斬撃。

自らの肉体を壊す覚悟で解き放った彼女の斬撃は、フィーネを蝕《むしば》んでいた細胞のひとつひとつを体内まで侵食していたものも含め悉《ことごと》く分解し、まっさらになった彼女の体を地表へと打ち上げた。

●

あの場所にいた頃はずっと、わたしの時間は止まったままだった。

『ポダッカ』区域の辺境。狭くて汚い、夜になると冷たい風が入り込んでくる馬小屋みたいな建物がわたしの家だった。

「お前に俺の運気が吸われている」と、酒と賭け事に溺れていた父から毎日のように理不尽な憎悪を向けられ、殴られるなんてことは些事《さじ》に思えるほどの暴力が日常化していた。

「女に生まれたお前はいい」「男にはない特別な力がある」「お前だけを幸せにはさせない」「俺が不幸でいるのだから娘であるお前もそれを背負うべきだ」……そんなことを言

われ続けて、わたしはこの家に住んでいる限り死ぬまでこの糞溜《くそだ》めのような生活からは逃れられないのだと思い知らされた。

かといってわたしに父に抗《あらが》う力はない。

〝内なる神〟を宿す女性だから、神奏術が使えるからって何になると言うのだ。楽器もない、演奏練習をするどころか楽譜すら買ってもらえないのなら素質があったって意味がない。

非力な女の、無力な子どもの、細くて小さな手しかわたしにはない。

大人の男の人みたいな腕力が羨ましかった。それが備わっていたら抵抗するとまではいかなくとも、少しくらいは父の拳の痛みも和らぐかもしれないと思っていたから。

無い物ねだりもできない日々が続いていく。

泣いて喚いて、呪文のように「ごめんなさい」を繰り返す毎日が、わたしの人生。

わたしを嫌う父を、助けてくれない周囲の大人たちを、どれだけ祈っても駆けつけてくれない騎士を、わたしは呪った。

そしてそれ以上に、抗う術すら持たない人間であるわたし自身を嫌悪《けんお》した。

ようやくわたしの時間が動き出したのは、十二歳の頃だった。

わたしは家にあった小ぶりのナイフで父を殺害しようと試みた。それ以外に今の生活から抜け出す術はないと考えたから。

それは皮肉にも父が日々遊んでいる博打《ばくち》じみた行動であったが、父との決定的な相違点は自分の人生を終わらせる覚悟を決めた上での行いであることだ。

死ぬ覚悟もなく、だらだらと部屋の隅に溜まる埃《ほこり》のような余生を貪る奴とは違う。

わたしはわたし自身の命を賭けて、自分の人生を勝ち取ってみせる。ふつふつと湧き上がる気概に突き動かされて、わたしは父の背中に刃を突き立てた。

結果、わたしの目論見《もくろみ》は失敗に終わった。

当然といえばそうだが、単純にわたしの腕力では父を即死に至らしめることはできなかったのだ。

わたしは怒りを爆発させた父の反撃に遭い、明確な殺意を以《もっ》て振るわれる拳によって生の終わりを迎えようとした。

――が、そのとき起きた奇跡としか思えない偶然によって、わたしは生き延びることとなる。

付近に生息していたであろう〝ディソナンス〟が、父の怒声に引かれて家を襲撃してきたのだ。

薄く、腐りきっている屋根と壁を吹き飛ばしながら、やかましく悲鳴を響かせる父をその〝ディソナンス〟は喰《く》らった。

あれだけ恐ろしかった父が、圧倒的な力の下になすすべもなく飲み込まれていったのだ。

わたしは驚きのあまり声を上げるどころか身動きひとつできずその場に座り込んでおり、聴覚しか持たない〝ディソナンス〟はその存在を認識できなかったのか、わたしを放置したまま何処《どこ》かへと去っていった。

その瞬間から、わたしの目に映る世界に鮮やかな色が差していくのがわかった。

それが偶然であることはどうでもいい。大事なのは結果だ。世界から見放されていたわたしを救ってくれたのは騎士でも神奏術士《しんそうじゅつし》でもない、人々の脅威とされていたはずの怪物だった。

わたしが欲しかったすべてを、あの魔物は持っていた。

わたしも欲しい。わたしもそう在りたい。

誰からも奪われることのない、圧倒的な存在に。

「わたしも――――あんな風に」

ボロ小屋の中、小さな小さな一角で燻《くすぶ》っていたこの世を焼き尽くさんばかりの憎しみは、憧れの炎となってわたしの中で激しく燃え上がった。

●

「――――ガハッ……！　……キャハッ……ハハハハハハ…………………ッ！」

泥の中から転がり出たフィーネはモニカの目の前で止まり、血色が引き切った顔を天へ向けると絞り出すような笑いを響かせた。

「やっぱり底抜けの……バカばっか……。そんなになってまでわたしを生かすなんて」

フィーネは目だけを動かして右腕を負傷している様子のモニカを見やる。

限界を超えた《オラトリオ》の反動によって、活用した筋肉や骨、神経までもがズタズタに崩壊していることだろう。

修練場の中でなければこの程度では済まされない。間違いなくモニカの命はなかった。

「あなたたちは……何もわかってない。こんな狭い……舞踏会場みたいな世界で……自分を捧《ささ》げられない人間は、簡単に排斥される……！　そんな場所から抜け出そうとするわたしを……どうして否定できるって言うの……ッ！」

憎しみだけを込めた眼差《まなざ》しを注いでくるフィーネを、モニカは力強い意思を込めて捉える。

既に感覚のない右手を左手で握りながら、掠《かす》れた声で彼女は言った。

「……ひとりで踊る選択肢もあったはずだ。他の人間だけでなく、同じ生き物である自分自身も嫌った君は……独りぼっちにすらなれていなかった。それじゃあこの世に存在していない、死人同然だよ」

「なんです……って…………！」

それはフィーネ自身も心の奥底で感じ取っていた空虚。

認めないようにしていた思いを引きずり上げられた彼女は、ただただモニカに対して刃物を突き立てるような眼差しを向けることしかできなかった。

「他の誰も愛せないと言うのなら、君はせめて自分だけでも愛すべきだった。……苦しいかもしれないけど、人として生まれたからには……そうやって折り合いをつけて生きなくちゃならないんだ」

「……ふふっ！　ハハハッ！　アハハハハハハハハハッ！」

静けさを取り戻した夜空に少女の笑い声が溶けていく。

「……クソ食らえだよ」

吐き捨てるように口にしたその言葉を最後に、フィーネの意識は奥底へと沈んでいった。

「……！　モニカ！」

急いで駆け寄ったアルギュロスが倒れかけたモニカの体を支える。

朦朧《もうろう》とする五感に鞭《むち》を打ちながら、モニカは体を預けている友人の顔を見上げた。

「あはは……やっぱめちゃくちゃ痛いや………」

「……っ」

アルギュロスは慌ててモニカの制服の袖をまくると、赤紫に変色した右腕を見て息を呑《の》んだ。

修練場の中にいる限りこれ以上容態が悪化することはないが、それでも想像を絶する苦痛だろう。モニカの額から次々と滲《にじ》んでくる冷たい汗を、アルギュロスはそっと指先で拭った。

「合同演習で見せた剣技は……本気じゃなかったんだな」

「……《極限技法》はね、まだわからないことの方が多いんだ。どういう理屈で発動してるのかは僕も知らないけど……通常の剣技と違って、これは使用者の魂に刻まれる。一度真髄を摑《つか》むことができれば……あとは当人が望むタイミングで、望むだけの力を引き出せる。………悪いけど、教えられるものじゃないな」

「もういい、喋《しゃべ》るな」

息も絶え絶えに言葉を繋《つな》ぐモニカを静かに横たえた後、アルギュロスは記憶の中にある光景を思い返して眉をひそめた。

フィーネの体から黒い泥を取り除いた無数の斬撃――あれはまるで、噂《うわさ》に聞く〝騎士ダレン〟の剣技そのものだった。

(つくづくわからない奴《やつ》だよ、お前は)

瞼《まぶた》を閉じ、ゆっくりと呼吸を繰り返す眼下の少女へ向けた疑念を、肩をすくめたアルギュロスは心に留《とど》める。

女性でありながら騎士を志し、英雄を思わせる剣技を使う。

モニカ＝グランテッドという人間を理解しようと近づけば近づくほど、彼女は遠ざかっていく。だが決して突き放されることはない。

理解できるまで、もっと彼女を知りたい。

そう思わせる力がモニカにはあった。

終奏

商業都市『ドリアン』で起きた大規模テロは、首謀者である学生の身柄が政府の騎士団《ギルド》に引き渡されたことで収束を迎えた。

それから二週間を経た本日、トーンハウス学院では学院創立を記念した舞踏パーティーが盛大に開催されている。

テロを行った張本人が生徒の中にいたということは、公にはされていない。

事実の隠匿と言われてしまえばそれまでだが、それよりも学院側は他の生徒たちの不安を和らげる精神安定の意図で動いているようだった。

以前から街の外で確認されていた「活発化したディソナンス」も、結局は今回の事件の首謀者であるひとりの生徒が生み出した複製体であったという。

噂ではその大本を抑え込み、複製体たちを一斉に無力化したのもまた学生だったと聞くが、どこまで尾ひれがついているのかは判断できない。

ただ確かなことは……この国の調和を揺るがす〝雑音〟は当事者たちの活躍によって消え、世界は再び平和を保ち始めたということだ。

「――納得いきませんわ！」

トーンハウス学院が管理する、神奏学科の女子生徒たちが住まう寮。その一室で頬を膨らませたヘリオローズは、二段ベッドの下段へ尻餅をつく勢いでどかりと座り込んだ。

「なんでわたくしたちが謹慎処分なんですの！　あのとき誰よりも貢献したのはわたくしたちですのに！」

「まあまあ、規則なんだから仕方ないよ」

「あなただって！　そんな大怪我《けが》してまで事件を解決したのでしょうに！　モニカ候補生！」

ヘリオローズは苛立《いらだ》ちを主張するように大きな動作で足と手を組みながら、正面の壁際《かべぎわ》に腰を下ろしているルームメイトへ言い放った。

その右腕はギプスで固定されており、頭部や他の手足も包帯でぐるぐる巻きにされている。

ヘリオローズからは非常に痛々しく見えるが、当の本人は能天気な調子で笑顔を見せてきた。

「ライセンスを持たない候補生は、学校や政府の承認がなければ騎士や術士として扱われない。相応の罰は受けないと」

「そんなことわかってますわ。けど一ヶ月も寮から出ちゃダメなんて……」

ぶつぶつと小言をこぼすヘリオローズを苦笑しながら見守るモニカ。

本来ならば今頃ふたりで手を取り合ってステップを踏んでいただろうか。

学院の許可も得ずにフィーネと戦ったモニカ、ヘリオローズ、アルギュロスの三人は揃《そろ》って謹慎処分となってしまったが、逆にその程度で済んだことを喜ぶべきだろう。

規則を破ったことに関してはかなり強めのお叱りを頂いたが、教官たちは結果的にモニカたちの働きを評価してくれたらしく、退学といった取り返しのつかない事態には至らなかった。

何もかもがギリギリだったが、無事にこうして日常へ戻れている。それだけで十分だろう。

「ともかくみんな生きててよか──った……！」

「……！　だ、大丈夫ですの⁉　どこが痛むんですの？　腕？　頭？　わたくしに何かして欲しいことはありませんの⁉　お膝をお貸ししますから少し横に……！」

「いい、いい。大丈夫だから」

あわあわと世話を焼こうとするヘリオローズを制しつつ困ったように笑いながら、モニカはここにはいない少女の顔を思い浮かべていた。

命を奪うことなくフィーネを止めることには成功したが、あれだけの事件を起こした以上、これから先学院に戻れるかどうかは正直わからない。それはヘリオローズも理解しているだろう。

彼女にとってフィーネは、周りが思っているよりもずっと大きな存在だった。彼女がいなくなった今、ヘリオローズもまた変化を迫られている。

「……フィーネのこと、許してあげてとは言わないよ」

モニカがそう口にした途端、快活だったヘリオローズの表情に暗が差す。

「フィーネは意地でも否定するだろうけど、あの子にとっても君は唯一無二の存在だったんだ。……だからもし、彼女を嫌いになっても」

「嫌いになんかなりませんわ」

モニカの言葉を遮りつつ、ヘリオローズは立ち上がって窓の外を見やる。

「どんなに性根が曲がっていようとも、わたくしはあの子の存在に救われたのですから。フィーネの悪いところも全部ひっくるめて、好きになってみせますの。……それが最高にして至高のラプター家次期当主、ヘリオローズ＝ラプターの器量というものですわ」

「……そっか。そうだね！」

彼女の強気な笑みにモニカもつられて一笑する。

くすんでいた胸の内が晴れやかになるようだった。


「おお、やってるねえ〜」

「あなたもまだ完全には癒えていないでしょうに、ご苦労なことですわ」

「――――は？　なんでいるんだよ」

星々が散らばる夜空の下。

騎士学科寮の庭でひとり剣の素振りを行っていたアルギュロスは、思いもよらぬ珍客に眉根を寄せた。

「ここは男子寮だぞ。勝手に入ったのがバレたらまた面倒くさいことに……」

「『男子寮』なんてないでしょ。ここは『騎士学科寮』」

「屁理屈《へりくつ》言うな。帰れ」

「いいじゃんいいじゃん。どうせ他の生徒はみんな学院でパーティーの最中だろうし、少しお話ししようよ」

「クッキーを焼いて差し上げましたの。跪《ひざまず》いて感謝しなさいですわ」

包みを持って現れたのは私服姿のモニカとヘリオローズ。

後者が胸を張りながら手渡してきた物の封を解き、アルギュロスは嫌な予感が的中したことに顔面を蒼白《そうはく》にする。

「うわ黒……っ！　んだこの消し炭！　どっちが作った!?」

「こっからここまでは僕で」

「この辺りはわたくしですの」

「どっちも大差ねえんだよ……！　食えるかこんなもん！」

「贅沢《ぜいたく》～」

「淑女の手作りですわよ。ありがたく頂戴しときなさいな」

「手料理を謳《うた》うなら……最低限これくらいのクオリティは保ちやがれ！」

そう言ったアルギュロスは足元に置いていた弁当箱を開けると、中いっぱいに詰まっていたオムレツを二人へ差し出した。

「「────んまっ！」」

ひとつしかなかったスプーンを共有し、載せられていたケチャップと一緒にそれぞれ口へ運んだモニカとヘリオローズが合わせて肩を揺らす。

「よかった」

「ふわふわですわ～」

「アルが作ったの？　すごい！」

「料理はよくする方だからな。……おい、全部食うなよ？」

自然に二口目、三口目とオムレツを食していくヘリオローズへ鋭利な眼差《まなざ》しで釘《くぎ》をさした後、アルギュロスは息をついて芝生に腰を置いた。

「モニカ、体の調子はどうだ？」

オムレツが完食される頃、不意に尋ねてきたアルギュロスとモニカの目線が重なる。

ギプスが添えられた右腕を上げながら、軽い声でモニカは返した。

「普通に重傷～って感じ。でもちゃんと元に戻るらしいよ」

「そうか、よかった。……それにしても凄《すご》いな。その治療も神奏術が絡《から》んでるんだろ？」

「よくわからないけど……治すっていうよりは、怪我してる部分の時間をゆっくり巻き戻し？してる感じなんだって」

「高度な術ほど詳細は伏せられるものですわ。女性なら誰でも扱える分、悪人の耳に入る可能性は潰さなくてはいけませんですし」

「また剣を振れるようになるのなら何でもいいさ」

ふと全員が何かを考えるかのように沈黙が訪れ、夜風の音が三人の間を通り過ぎていく。

その最中にモニカは、自分の中にいるであろう少女のことに思いを馳《は》せていた。

フィーネとの戦いから今日に至るまで、本来の「モニカ」は姿を見せようとはしなかった。

彼女と約束した通りフィーネを止めることはできたが、〝ダレン〟としてできることはそれまでだ。この先人間としての生を送るのか、再び道を違《たが》えるのか、それを決めるのはフィーネ自身だから。

「モニカ」が今なにを思い、なにを考えているかは知る由《よし》もない。

彼女が夢の中に現れないのは、彼女自身〝ダレン〟の人格と会話する気がないからだろう。

(僕は……君の理想を果たせているかな)

考えても仕方のないことであるが、そう思わずにはいられない。

この先の人生、自分は「モニカ」と一心同体で生きていく。時には今回のような苦悩にも直面するだろうが、

「これからが楽しみだね」

今はただ、先の見えない毎日が楽しい。

モニカはその場で立ち上がり体を伸ばしながら、左右に座っているふたりへちらりと視線を流した。

「――さて、せっかくだし僕らも踊ろうよ」

「あ？」

「学院ではまさにダンスの真っ最中じゃない？　なんか悔しいし、ここで僕らだけの舞踏会をしようよ」

「いい考えですわね！　乗りましたわ！」

「なんでそうなる。だいたい今モニカは動かない方が――聞け！」

「ほらほらちゃんと手握って！　……あ、右手は優しくしてね」

強引に引き上げられたアルギュロスも加え、三人の候補生は輪を作りながらステップも何もなくひたすらにその場でぐるぐると回る。

その行為に意味なんてない。

だけど何だか楽しくて、やがて三人は外にいることも忘れて幼子のように大声ではしゃぎ合った。

春を控えた冷たい夜に、暖かな声音が五線譜の上を走るように伸びていく。

暗い夜闇なんて塗り潰してしまうくらいに、少年少女は星屑《ほしくず》の一部となっていつまでも明るく笑っていた。

「体動かしたら眠くなりましたの～……」

「ほんと体力ないなお前……」

談笑に花を咲かせて夜も深くなってきた頃、ヘリオローズがうつらうつらと目元を擦り始めたのを機にささやかな舞踏会はお開きとなった。

「モニカ、ちょっといいか？」

「うん？」

騎士学科寮の門までやってきたところで、どこか神妙な面持ちのアルギュロスがモニカを呼び止める。

「先に帰ってますわよ～」

「あ、うん。……どうかした、アル？」

猫のようなあくびをしながら神奏学科寮へと戻っていくヘリオローズを横目で見送りつつ、モニカはアルギュロスへと向き直る。

ほんの少しだけ空気が張り詰めているのが肌でわかった。

「……お前がどうして騎士を目指すのか、どうして《極限技法》が使えるのか……そういうことは教えてはくれないよな？」

「…………うん、ごめん」

「そうか。……引き止めて悪かったな、おやすみ」

残念そうに踵《きびす》を返《かえ》したアルギュロスが寮へ向かって歩き出す。

「アル」

しばしその背中を見つめた後、心なしか大人びた声でモニカは口にした。

「──僕がダレンの生まれ変わりだと言ったら、君は信じるかい？」

「……はぁ？」

一度考えるように固まったアルギュロスだったが、すぐに振り返っては不審な目で彼女を見やる。

直後にアルギュロスの瞳に飛び込んできたのは、彼が知るモニカの表情ではなかった。もっと完成されていて、隙のない、これまで同じ時間を過ごしてきたモニカに感じていた「勇気」などという感情とは無縁の存在。

恐怖を覚える対象すら持たない無敵の生物、そんな印象を覚えたのだ。

「なに言ってんだ、お前？」

だが、その幻想もすぐに消《き》え失《う》せた。

投げ渡された危険物を軽くいなしつつ、アルギュロスは「えっ」と拍子抜けした顔を見せるモニカに対して続けた。

「勝手にあの人を殺すな。似たような剣技が使えるからって自惚《うぬぼ》れてんじゃねーぞ」

「……そういうことじゃないんだけどな」

騎士ダレンの訃報は未《いま》だ人々に届いてはいない。

おそらくは外道士たちへの抑止力を維持するため、政府が意図的に〝英雄〟の存在を演出しているのだろう。

いちばん肝心なことを忘れていた。アルギュロスはまだ、ダレンが死んだことを知らない。

「仮にそれが本当だとしてもだ」

噛《か》み合《あ》うわけのない問答を始めてしまったとモニカの中で後悔の念が湧いてきたそのとき、それを打ち消すようなアルギュロスの声が彼女の鼓膜を揺らした。

「俺があれこれと言えることはない。俺が知ってるのは……一緒に勉強して、一緒に命を張って戦ったクラスメイトのことだけだ。これから先、その関係が変わることはない。……ないと思いたい」

その言葉を聞いた途端、モニカの中ですとん、と重荷が落ちた気がした。

そして理解する。自分もまた、肉体を共有する彼女と同じであったことに。

（……僕も人のことは言えないなぁ）

特異体質を持つ最強の騎士——その役柄から降りた今、モニカはひとりの騎士候補生として学院での生活を純粋に楽しんでいることは確かだ。

そしてそれは、きっと騎士ダレンが本当に欲しかった憧れのかたちだったのだ。

真実を知らないとはいえ、アルギュロスに対等な友人として捉えられたことが心の底から嬉《うれ》しかった。

自分の体を乗っ取ろうとした少女に対して穏やかでいられたのも、ダレン自身生まれつき与えられたものとは違う何かに成りたいと思っていたからなのかもしれない。

「うん、そうだね。……僕もそれがいいと思う！」

晴れやかな笑みを浮かべたモニカの意図をいまいち読み取れないでいたアルギュロスは、何度目かわからない疑問の眼差しを彼女へと送った。

ダレンの肉体から解き放たれたモニカは、同じ力を有していたとしても〝英雄〟にはなれない。

心に住まう少女と共に、まだ見ぬ「これから」を紡《つむ》いでいく。
なぜなら彼女はモニカ＝グランテッド。
いずれ、最強の騎士になる人間なのだから。

あとがき

雄々しく戦う女の子は素晴らしいです。派手に傷付いていると尚《なお》いい。

はじめまして。この度第35回ファンタジア大賞〈銀賞〉を受賞させていただきました、陸《くが》そうとと申します。

今作は『モニカの騎士道』というタイトルで公募に出させていただいたものを改稿、改題した作品となっております。世界観や要所要所の展開は引き継ぎつつ、主人公であるモニカを取り巻く話はかなり一新され、良《い》いものに仕上げることができました。プロット制作時、至らぬ自分に根気よく付き合ってくださった担当編集様には頭が上がりません。本当にありがとうございました。

自分は昔、いわゆる「ネタバレ」が大好きな子どもでした。その根底にある感情は何だろう？と考えた際、自分が発する言葉や表現で他者の心を動かすことが好きなのだと悟り、ならそれを自分自身が手がけた作品で実現できれば最高なのでは？と思ったことが、物語を書き始めたきっかけです。今作が誰か一人にでも、そしてほんの少しでも心に残るものであることを祈ります。

以下、謝辞を述べさせていただきます。

この度の第35回ファンタジア大賞で選考に携わられたすべての方々、そして最終選考において栄誉ある賞に選出してくださった先生方へ、心よりお礼申し上げます。誠にありがとうございました。いただいたお言葉の数々を糧《かて》としながら執筆作業に臨ませていただいております。今後も与えられたチャンスに応えられるような作品を生み出していきたいです。

担当編集様。重ねてではありますが、終始色々と不慣れな自分にお付き合いくださりありがとうございました。いただいたアドバイスから発展して生まれた設定もあり、おかげさまでキャラクター同士のやり取りにも一層深みを持たせることができたと思います。本当に感謝の言葉しかありません。今後もご迷惑をおかけすることがあるかもしれませんが、何卒《なにとぞ》よろしくお願いいたします。

イラストを担当してくださったおやずり先生。可愛《かわい》らしくも凛々《りり》しいモニカたちをありがとうございました。彼女たちに確かな命が宿った瞬間があるのなら、それは間違いなくキャラデザの初案をいただいた時です。吹奏剣《すいそうけん》も立体物が欲しくなるほどかっこいいデザインでした。重ねてありがとうございました。

日頃から自分を支えてくださる方々へ。今作は楽しんでいただけたでしょうか？

某小説投稿サイトがきっかけで知り合ったコミュニティの皆様方、改めてお祝いのお言葉をありがとうございました。この場をお借りしてお礼申し上げます。度々伝えてはいましたが、自分が今まで創作活動を続けてこられたのは皆様の存在が大きいです。これからもおかしな話題で盛り上がりつつ、仲良くしていただければと思っております。

今作を執筆する環境を与えてくれた家族や友人にも感謝を。今は連絡が取れない状況ですが、初めて新人賞への応募を決めた際に最初の読者になってくれたＩくんにも今回の受賞を報告したい。何かの偶然で本書を手に取る可能性を願って、あの時はどうもありがとう。作家になれたぞ。

そして今作を購入してくださった読者様。もはや言葉だけでは感謝の気持ちを伝えきれません。今ある精一杯を込めた作品ではありますが、もし次の、次の次の……と機会が与えられた暁には、より大きく心を震わせることができる物語を書く所存であります。

では、またどこかでお会いしましょう。

願わくは、この「モニカ」の世界を広げていけますように。

お便りはこちらまで
〒一〇二－八一七七
ファンタジア文庫編集部気付
陸そうと（様）宛
おやずり（様）宛

富士見ファンタジア文庫

僕《ぼく》は、騎士学院《きしがくいん》のモニカ。

令和５年１月20日　初版発行

著者——陸《くが》 そうと

発行者——山下直久

発　行——株式会社KADOKAWA
〒102-8177
東京都千代田区富士見2-13-3
0570-002-301（ナビダイヤル）

印刷所——株式会社暁印刷

製本所——本間製本株式会社

※定価はカバーに表示してあります。
●お問い合わせ
https://www.kadokawa.co.jp/（「お問い合わせ」へお進みください）
※内容によっては、お答えできない場合があります。
※サポートは日本国内のみとさせていただきます。
※Japanese text only

ISBN978-4-04-074843-6 C0193　◇◇◇

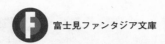

騙しあい。

各国がスパイによる戦争を繰り広げる世界。任務成功率100%、しかし性格に難ありの凄腕スパイ・クラウスは、死亡率九割を超える任務に、何故か未熟な7人の少女たちを招集するのだが──。

シリーズ
好評発売中！

ファンタジア文庫

世界最強の
“不可能任務”に挑む少女たちの
痛快スパイファンタジー！
スパイ教室
竹町
illustration
トマリ

これは世界を救う

久遠崎彩禍。三〇〇時間に一度、滅亡の危機を迎える世界を救い続けてきた最強の魔女。そして——玖珂無色に身体と力を引き継ぎ、死んでしまった初恋の少女。

無色は彩禍として誰にもバレないよう学園に通うことになるのだが……油断すると男性に戻ってしまうため、女性からのキスが必要不可欠で!?

シン世代ボーイ・ミーツ・ガール!

1

王様のプロポーズ

King Propose

橘公司
Koushi Tachibana

[イラスト]——つなこ

最強の初恋
シリーズ
好評発売中!
ファンタジア文庫

この少年
すべてが
天上優夜《てんじょうゆうや》
異世界でレベルアップした結果、最強の身体能力を手に入れた少年
シリーズ好評発売中！

チートすぎる

異世界でチート能力《スキル》を手にした俺は、現実世界をも無双する

~レベルアップは人生を変えた~

I got a cheat ability in a different world, and became extraordinary even in the real world.

著：美紅
イラスト：桑島黎音

幼い頃から酷い虐めを受けてきた少年が開いたのは『異世界への扉』だった！ 初めて異世界を訪れた者として、チート級の能力を手にした彼は、レベルアップを重ね……最強の身体能力を持った完全無欠な少年へと生まれ変わった！ 彼は、2つの世界を行き来できる扉を通して、現実世界にも旋風を巻き起こし——!? 異世界×現実世界。レベルアップした少年は2つの世界を無双する！

ファンタジア文庫

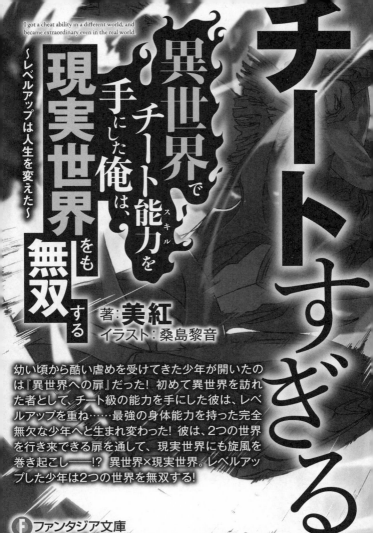

切り拓け！キミだけの王道
ファンタジア大賞
原稿募集中！
賞金
《大賞》300万円
《金賞》50万円 《銀賞》30万円
選考委員
細音啓「キミと僕の最後の戦場、あるいは世界が始まる聖戦」
橘公司「デート・ア・ライブ」
羊太郎「ロクでなし魔術講師と禁忌教典《アカシックレコード》」
ファンタジア文庫編集長
前期締切 8月末日
後期締切 2月末日
公式サイトはこちら！ https://www.fantasiataisho.com/